➔ 戴望舒

戴望舒有詩人的浪漫多情，但詩的手法由徐志摩的浪漫主義推進到象徵主義。(《20 世紀中國文藝圖文志》新詩卷，p.50，瀋陽出版社)

← 戴望舒留影於西班牙首都馬德里堂・吉訶德紀念像前

戴望舒諳西班牙文，曾譯大詩人洛爾伽詩作集《洛爾伽詩鈔》。(《20 世紀中國文藝圖文志》新詩卷，p.51，瀋陽出版社)

戴望舒

獄中題壁 (5)

如果我死在這裏，
朋友啊，不要悲傷，
我會永遠地生存
在你們的心上。

你們之中的一個死了，
在日本佔領地的牢裏，
他懷着深深的仇恨，
你們應該永遠地記憶。

當你們回來，從泥土
掘起我傷損的肢體，
用你們勝利的歡呼
把我的靈魂高高揚起，

~~然後把我的白骨~~
放在山峰，
曝着太陽，沐着飄風：
在暗黑潮濕的土牢，
這曾是他唯一的美夢。

27 april 1942

↑ 戴望舒手跡〈獄中題壁〉

（《20 世紀中國文藝圖文志》新詩卷，p.52，瀋陽出版社）

元日祝福

新的年歲帶給我們新的希望。
祝福！我們的土地，
血染的土地，焦裂的土地，
更堅強的生命將從而滋長。

→ 戴望舒手跡〈元日祝福〉

（編著者提供）

← 《望舒草》封面

一九三三年由上海現代書局出版，近由天津市百花文藝出版社原版重刊。（《20 世紀中國文藝圖文志》新詩卷，p.52，瀋陽出版社）

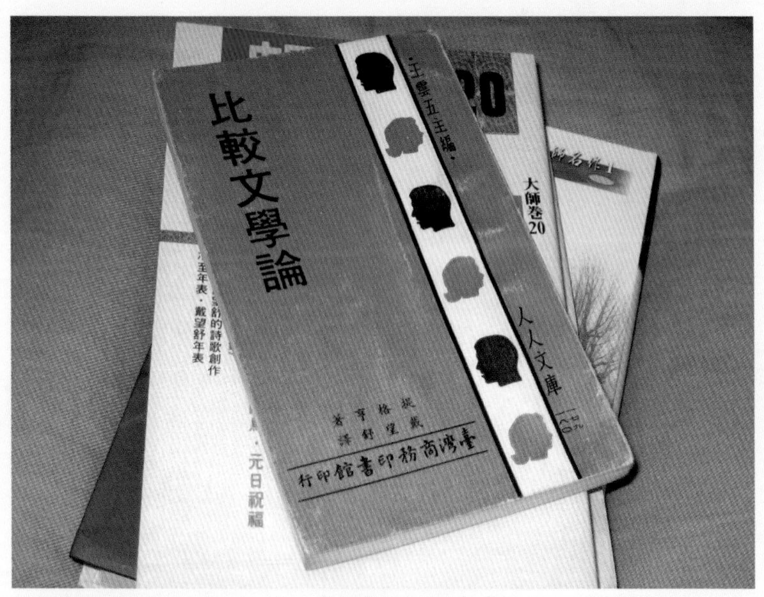

↑ 戴望舒所譯提格亨《比較文學論》

由臺灣商務印書館於一九六六年印行初版，此為一九七二年版的封面，此時已印行三版。

戴望舒

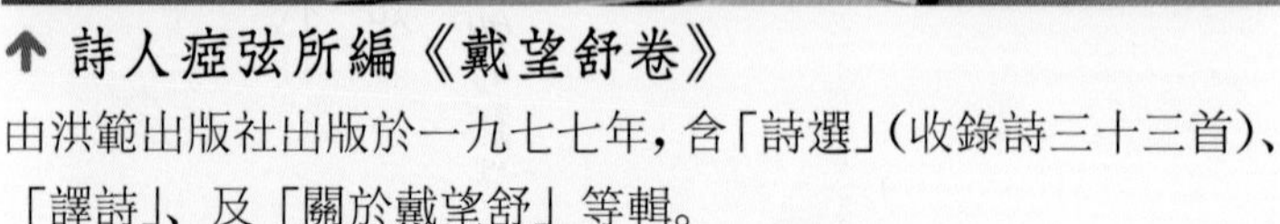

↑ 詩人瘂弦所編《戴望舒卷》

由洪範出版社出版於一九七七年，含「詩選」(收錄詩三十三首)、「譯詩」、及「關於戴望舒」等輯。

← 《望舒詩稿》封面

天津市百花文藝出版社於二〇〇四年將一九三三年現代書局初版《望舒草》、一九三七年上海雜誌初版《望舒詩稿》重新影印出版，並加印「原版珍藏」及「某年版本」字樣。按內頁指示位置裁切，所加印的「原版珍藏」等字樣即脫落，重現當年原版封面及內文。設計精巧，風味古樸，令人懷舊。(《望舒詩稿》，天津市百花文藝出版社)

叢書總論

范銘如

白話文學是中國追求現代性過程裡重要的媒介，也是最顯著的成果之一。隨著現代化需求的加速，中國的知識分子先從科學、技術、制度、機構等等洋務運動的推動，再到西方文明文化思潮的翻譯學習，乃至於對中國傳統進行全面性反思，一系列革命性的變革，自十九世紀中葉發軔，直到二十世紀上半部仍然方興未歇。中國現代化的歷程中觸動傳統思想與文化體系的革新機制，表現在文學層面上，最明顯的就是文學形式與內涵的劇烈變易。不論是語言文字（文言、白話、外來語），抑或者是文類（詩歌、散文、小說、戲劇）以及藝術技巧（寫實主義、浪漫主義、象徵主義）各方面，都開展出具有現代意義的優異成績。這一批歷經現代化狂潮的知識青年，憑仗手中滿溢著救亡圖存熱情的筆桿，寫下中西文化碰撞、新舊秩序轉型時關於國家民族走向的辯證權衡，各種社會現象的觀察針砭、文藝發展理念與實際操練的磨合問題。其中，置身紛亂動盪時代裡個人身分處境的摸索抉擇，甚至生命情感的壓抑抒發，更成為作品裡動人心弦的主題。

從清末至民國，白話文學以及其中寓含的革新、異議精神連綿不絕。現今我們慣以一九一九年的五四愛國運動同時作為現代白話文學的起點，乃是取其象徵性的時間意義。事實上，五四運動只是中國現代化進程裡一個承先啟後的顯著里程碑而已；新文化的醞釀萌發自有其細膩輾轉的過程，而白話文學的發展流變，當然也不是在二〇年代才透露端倪。有鑑於此，本套叢書不以五四之後的作家作品為限，還上溯至二十世紀以前即大力、長期呼籲文化文學革命的梁啓超。這樣的作法，希望一方面強調時代思想變革的漸進式歷程，一方面以梁啓超具備的傳統士大夫及新式知識分子的雙重典範，彰顯現代文學傳統裡新舊文化銜接合流的特質。

整體而言，選入《二十世紀文學名家大賞》的作家都是在現代文學創作上具有獨特貢獻，並且持續保有文學影響力的大家。他們的成就不僅早在文學史上獲得肯定，他們的作品也一再地被選入各種版本的教科書與文學讀本中。一談起新詩，我們總是再別不了徐志摩、聞一多以及戴望舒；一想到散文，腦海裡立刻浮現朱自清、夏丏尊、許地山和梁啓超的背影；提及小說，魯迅、郁達夫和蕭紅的吶喊猶在耳邊。透過文學，他們或者傳達個人對家國社稷的企盼與關懷，又或者抒發個人真摯的情感來表現中國人的現代精神。有的作家個性強烈率直，有人委婉節制；表現於文采上，典雅瑰麗或是質樸清華亦各擅勝場。這些作家作品各因其耀眼的特質，成為文學史上不可或缺的扉頁。

但是耳熟能詳不代表全面理解，有時反而會淪為想當然爾的片面化、刻板化閱讀習慣。此外，兩岸長期以來因為政治體制與文化體系的不同，對作家的評價或作品的評論產生極大的落差，政治立場雷同的大力吹捧甚至神格化，反之則將之醜化甚至從史料中除名，不然就是選擇性地介紹特定類型的作品。這樣的詮釋偏見隨著兩岸的開放交流、文史學者們不斷地辯論修正後已經獲得長足的改善。然而，學術層次上推展出來的看法落實到中學教育層面上的改變，原本就需要長時間的轉化。文學教改的時程卻在當前環境的挑戰下愈顯急迫。姑且不論傳播娛樂的多元刺激或功利導向的社會價值導致文學人口的快速流失，時代的推移不但使得歷史情境、文化脈絡越來越疏遠陌生，連當初所謂的現代白話語彙到今日都有些像文言文那樣的艱澀難懂。在這種種不利的因素下，青年學生即使有心學習也可能不得其門而入。

《二十世紀文學名家大賞》叢書的策劃就是希望能夠以更當代、更全面的選介評析引領年輕學子進入現代文學的殿堂。十位負責編選執筆的專家都是全國各大學中文系所裡的資深教授：洪淑苓教授（臺灣大學中文系）、張堂錡教授（政治大學中文系）、許琇禎教授（臺北市立教育大學語教系）、陳俊啟教授（東海大學中文系）、廖卓成教授（國立臺北教育大學語教系）、趙衛民教授（淡江大學中文系）、劉人鵬教授（清華大學中文系）、蔡振念教授（中山大學中文系）、賴芳伶教授（東華大學中文系）。不僅學養豐富，對於學生知識上的不足與誤解也有長期的觀察了解。本叢書除了對作家廣為傳誦的經典及創作特色再予以深入並系統化的賞析之外，還希望呈現作家更多的文學面向，在讚揚他們的藝術成就、人格道德或時代洞見之餘，也不諱言他們書寫、個性或思維上的局限。回歸到文學的、文化的、人性的、生活的層面，更可深刻地體會到他們如何在紊亂脫序的年代中搏鬥掙扎、矛盾挫折，對於他們的作品也才能夠給予較客觀的評論。

這套叢書以每位文學名家為單獨一冊。每一本作家專輯以其具有代表性的作品為主，每篇作品輔以注釋和賞析，前後則以綜論作家生平與文學風格的〈導讀〉一篇，以及條列式的作家大事〈年表〉。篇幅所致，選入的作品以短篇為主，中長篇則為節錄；另外根據每位作家的藝術表現，對於不同的文類也有不同的比重安排。此套文學大系的出版，三民書局龐大的編輯群們功不可沒。最必須感謝的還是在繁忙課務及研究中還特地抽空耐心編寫專卷的每一位學者。你們的熱忱，讓二十世紀的文學源流汩汩地導入新的世紀。

CONTENT

目次

叢書總論 1
導讀 1
【輯一 我的戀人】
十四行 3
聞曼陀鈴 7
雨巷 11
夜 17

路上的小語 20
林下的小語 24
到我這裡來 28
煩憂 32
百合子 35
八重子 39
夢都子 43
單戀者 47
我的戀人 51
有贈 55
印象 58
三頂禮 62
秋天的夢 66
二月 69

款步一 72
款步二 76
過時 78
微辭 81
妾薄命 85
贈內 88
偶成 91

輯二 我的素描

對於天的懷鄉病 95
我的素描 99
我底記憶 103
小病 109
獨自的時候 113

秋 117
旅思 121
少年行 124
老之將至 127
夜行者 132
寂寞 135

輯三 白蝴蝶

我思想 141
白蝴蝶 144
蕭紅墓畔口占 147
深閉的園子 149
村姑 152
斷指 157

獄中題壁 162
我用殘損的手掌 165

【輯四】詩論零札

詩論零札 171

【輯五】巴黎的書攤

巴黎的書攤 179
戴望舒年表 189

導讀

趙衛民

一、短暫浮生

戴望舒，一九〇五年出生於浙江省杭州市。在杭州宗文中學時，就與施蟄存、杜衡、張天翼組「蘭社」，創辦《蘭友》半月刊。一九二二年開始寫詩。一九二五年在上海震旦大學特別班學法語，施蟄存、杜衡於次年也轉入該班，三人合辦《瓔珞》旬刊。

二十三歲的戴望舒寫下了〈雨巷〉名篇，編《小說月報》的葉聖陶來信稱許他替新詩的音節開了一個新的紀元，使戴望舒得到「雨巷詩人」稱號。隨後又寫出〈我底記憶〉名篇，字句的節奏已經完全被情緒的節奏所替代，確立了此後的詩風。大約在這階段，他開始對施蟄存的妹妹施絳年苦苦追求。

一九二九年，戴望舒出版第一本詩集《我底記憶》，標誌了現代派詩潮的誕生。寫〈詩論零札〉，為現代派詩潮的理論綱領。主編《新文藝》月刊，大量刊登西方象徵派詩稿譯介。一九三二年，與施蟄存、杜衡主編《現代》月刊，現代派正式誕生。這年曾短期赴法留學。

一九三三年，出版代表他成熟期風格的《望舒草》。一九三五年，回國後仍不能獲得施絳年芳心，也依她解除婚姻約定。後結識小說家穆時英的妹妹穆麗娟，不久後匆匆完婚。一九三六年，與徐遲、路易士（紀弦）創辦《新詩》月刊，卞之琳、馮至、梁宗岱、孫大雨都加入編輯陣容，產生很大的影響。一九三七年，出版《望舒詩稿》。中日戰爭爆發，與穆麗娟遠走香港。一九三九年，主編《星島日報》副刊，與艾青創辦、合編《頂點》雜誌。

一九四〇年，穆時英在上海遇刺身亡，穆麗娟回上海奔喪，夫妻反目。一九四一年，曾為妻、女服毒自殺，並寫遺書寄到上海。日軍占領香港，被日本憲兵逮捕入獄，酷刑折磨。一九四七年出版譯詩集《惡之華掇英》。回上海，與穆麗娟辦理離婚，另外結婚，只維持很短暫的婚姻。一九四八年出版詩集《災難的歲月》，又離婚，再度流亡香港。一九四九年，京滬失陷，戴望舒前往北京，從事法文翻譯工作。一九五〇年，氣喘病復發，逝世，享年四十六歲。

二、重估戴望舒

戴望舒詩的價值並沒有得到應有的正確評價，實有重估的必要。

戴望舒的第一本詩集《我底記憶》，還保留了輯名「舊錦囊」的早期作品，還有以「雨巷」為名並以之終篇的一輯。到了第二本詩集《望舒草》時，就將這兩輯盡皆刪去，舊作只保存「我底記憶」一輯，並收有「詩論零札」一輯，這表示《望舒草》確立了戴望舒成熟期的風格。那麼可以說，二十三歲的戴望舒前後完成的〈雨巷〉和〈我底記憶〉，〈雨巷〉代表舊風格的結束，〈我底記憶〉代表新風格的開始。新風格的嘗試與完成，總結於《望舒草》。

第三本詩集《望舒詩稿》收入了《我底記憶》和《望舒草》的詩，可以說以《望舒草》為基礎，恢復了《我底記憶》中被刪去的兩輯，新增添三篇後寫的詩，附錄〈詩論零札〉與譯詩〈法文詩六章〉，有點總集的意味，包含了前兩期的作品。第四本詩集《災難的歲月》成之於瑣尾流離的歲月，當是另一種風格了。以《望舒草》為成熟期，在此前是「雨巷」時期，在此後是《災難的歲月》，大致區分了早、中、晚三期的詩風。《望舒草》是可以流傳的傑作。「雨巷」時期雖有些為賦新詞強說愁的味道，像魏爾倫 (Paul Verlaine, 1844–1896) 的「秋歌」式風格。描寫心境的形容詞太多，無法集中於主要心境。為了構成舒緩的音樂效果，不斷重複，拖沓冗贅，機械化地湊韻腳。《望舒草》將「雨巷」時期的作品盡皆刪除，戴望舒清楚意識到這些毛病，甚至古典式的文藝腔，也是「惟陳言之務去」。在戴望舒熟悉的法國象徵主義基礎上，以南唐李璟一句「丁香空結雨中愁」轉化出的詩境，戴望舒領悟到深刻的情感運用象徵手法的可能性。〈雨巷〉這首詩的成功，得力於愛的希望與幻滅，男女在雨巷中戲劇性的邂逅，增添了多少想像空間。戴望舒常用的象徵意象，已構築出戴氏象徵詩學。

法國象徵主義並不迴避「心兒」、「心頭」這樣的字眼，波多萊爾 (Charles Pierre Baudelaire, 1821–1867) 的詩中也常見，詩的象徵總是精神的象徵。在淒婉迷茫的雨景中，夢雖然不是堅硬明確的意象，卻是戴望舒象徵系統的中心。

它誘著又帶著我青色的靈魂，
到愛和死底夢的王國中逡巡。（〈十四行〉）

夢象徵著戴望舒的愛和死。如果夢還飄渺，不可捉摸，戴望舒又以青色的顏色意象使之可見，甚至青色就是夢的象徵。在〈雨巷〉中，丁香是具體可感的物象，丁香花的顏色、芬芳、柔弱，象徵雨中邂逅的姑娘，惹人哀憐。雨落在她臉上，分不清是雨是淚，更顯得哀怨。眾香的花譜，展示了戴望舒愛戀對象的光圈。既然是在夢中，如夢似幻的飄渺，姑娘總從夢中「飄過」，就有可能出現飄風的意象。

從水上飄起的，春夜的曼陀鈴。
音樂的聲音，就如飄風迴盪著。（〈聞曼陀鈴〉）

〈我底記憶〉是戴望舒新風格的開端，雖然有點艾呂亞(Paul Eluard, 1895–1952)〈自由〉一詩的味道，重點是朝向新風格的決心。用鮮活的口語樸實敘述，自然真誠，毫不忸怩造作，所以杜衡才說：「字句的節奏已經完全被情緒的節奏所替代。」對照以「雨巷」時期的滿紙愁容，動輒悲咽啜泣不斷，使用最強烈的怪誕意象和情緒字眼，甚至夾有文言的古典句法，〈我底記憶〉落語平淡，又顯得氣象清新。

即使在〈我底記憶〉這樣客觀冷靜的筆法，仍藏著戴望舒的愛情密碼：

有時它還模仿著愛嬌的少女的聲音，
它的聲音是沒有氣力的，
而且還夾著眼淚，夾著太息。

在記憶中有時「夾著眼淚」，「愛嬌的少女的聲音」就成為永遠的記憶了。眼淚意象具有愛情密碼的象徵。

戴望舒的新風格，為棄去古典腔的文白夾雜，不避歐化的語調。這修辭的不足，奇怪的竟還迴盪著一種嘆息的調子。無論如何，他把深刻的情感視為目標，在記憶中展現了感性的天地，如果不是憶念愛情，「破舊的粉盒」有何意義呢？戴望舒既對〈雨巷〉不滿，又創造了全然嶄新的風格，太過客觀冷靜也不是他的興趣。把〈雨巷〉和〈我底記憶〉兩種風格揉合，就出現了戴望舒的象徵詩學。常使用的象徵，構築了他的愛情密碼，單看一、兩篇，常覺意象與情趣不能相契，詩語淺露，詩素淡薄。就像杜衡所說：「一個人在夢裡洩露自己底潛意識，在詩作裡洩露隱祕的靈魂，而也只是像夢一般地朦朧的。」如果在許多詩篇中，找出一些共同的夢素，可以重估戴望舒的風格與價值。

三、愛情密碼

《望舒草》大部分作品，在底層上是苦戀的悲歌，愛與死，夢與記憶。

於是我的夢是靜靜地來了，
但卻載著沉重的昔日。（〈秋天的夢〉）

記憶充滿悲哀：

這沉哀，這絳色的沉哀。
既是悲哀，就想哭泣。（〈林下的小語〉）
你想微笑，而我卻想啜泣。（〈夜〉）
縱然你有柔情，我有眼淚。（〈夜〉）

但是我知道今天我是流過眼淚。(〈獨自的時候〉)
髮的香味是簪著遼遠的戀情,
遼遠到要使人流淚。(〈八重子〉)

記憶與夢又混合到一起:

誰曾為我穿起許多淚珠,
又傾落到夢裡去的淚珠?(〈有贈〉)

這些淚水都映照著幾位女人,花是愛人的象徵。

——給我吧,姑娘,那朵簪在髮上的
小小的青色的花,
它是會使我想起你的溫柔來的。(〈路上的小語〉)
因為她的家是在燦爛的櫻花叢裡的。(〈百合子〉)

是那櫻花一般的櫻子嗎？
那是茹麗茗嗎，飄著懶倦的眼。（〈老之將至〉）

「茹麗茗」為人名，意為「美麗的荷花」。另外：

終日有意地灌溉著薔薇，
我卻無心地讓寂寞的蘭花愁謝。（〈有贈〉）

愛情的飄忽無常，像飄風一樣，使戴望舒害怕。

飄過的風帶著青春和愛的香味。（〈夜〉）
但是我是怕著，那飄過的風
要把我們的青春帶去。（〈夜〉）
當飄風帶著恐嚇的口氣來說：
　秋天來了，望舒先生！（〈秋〉）

雖然殘秋的風還未來到，
但我已經從你的緘默裡，
覺出了它的寒冷。(〈款步 二〉)

天的意象卻象徵天真與愛情的理想。

我呢，我是比天風更輕，更輕，
是你永遠追隨不到的。(〈林下的小語〉)
我呢，我渴望著回返
到那個天，到那個如此青的天。(〈對於天的懷鄉病〉)

青天，天的意象常與青色意象相聯結，天青色或青色。只要一出現，常是戴望舒最好的詩。

那裡是盛著天青色的愛情的。(〈路上的小語〉)

天青的顏色，她的心的顏色。（〈我的戀人〉）
掛慮著我們的小小的青色的花。（〈毋忘我花〉）

也許「青色」多少受到象徵派詩人保爾．福爾 (Paul Fort, 1872–1960)〈我有幾朵小青花〉的啟示，多少也有李商隱「碧海青天夜夜心」的回音。戴望舒的靈魂，是李商隱「蠟炬成灰淚始乾」式的，「一寸相思一寸灰」式的。若再看看李商隱多麼喜愛使用風的意象成為詩情暈化的象徵，即使戴望舒不像李商隱那麼靈動，也將成為他現代的知音。戴望舒有自己永恆祈禱的對象，他的詩獨享著愛情密碼，有深刻的感情，是果爾蒙 (Remy de Gourmont, 1858–1915) 式的，也是法國晚期象徵主義的一座高峰。

四、詩人的愛與死

總結來說，雖然〈雨巷〉有點為求音韻諧和，致太多重複累贅的毛病，但詩集《望舒草》未收進〈雨巷〉一詩，是戴望舒低估了〈雨巷〉的代表性，也高估了〈我底記憶〉白話純熟的重要性。大部分極具藝術才思的佳作是來自兩者的混合。本書在編選戴望舒詩選時，以《望舒草》詩集為準。之前的作品，文言太重，蕪雜冗贅，但〈雨巷〉一詩不能不收；之後的作品，詩素較為淡薄，偶見佳作，也只是吉光片羽了。像〈路上的小語〉、〈林下的小語〉、〈到我這裡來〉、〈我的戀人〉、〈有贈〉、〈三頂禮〉等篇，都是藝術效果高度集中的作品，可以列入世界一流情詩傑作，也是情思與血淚的結晶。這才是戴望舒的主題音樂，其前、其後則是泛音與回響。當泛音與回響與主題音樂呼應強時，總籠罩著一層故作淡淡的悲哀的調子，也常常形成螺旋似的顫音。

《望舒草》也有敘事的篇章如〈村姑〉，這種現實的思路在《我底記憶》中有〈斷指〉，在《望舒草》之後，就是《災難的歲月》中的名篇〈獄中題壁〉、〈我用殘損的手掌〉，這都不是戴望舒之所長，是詩素淡薄之作。至於《災難的歲月》中的作品，只能說偶有靈光了。戴望舒十年婚姻的黯淡，譯事之勤，文壇活動又多。其實早在一九三三年《望舒草》出版前夕，戴望舒才二十七、八歲時，婚姻的不幸已逐漸耗盡他創作的能量。其後的《望舒詩稿》與《望舒草》差四年，新增的只有三篇，詩味都已淡薄，就難以再期待以後的作品了。

當技法已成窠臼，不能不推陳出新。蛇如不蛻則傷，生命的變化，造成風格的蛻變。當生命的視野擴大，主觀的詩人不得不將自己客觀化，多閱世才能使詩的風格摺疊著人生的豐富感受，新風格的變化不必定能成功，藝術只以成熟為準繩。一語天然，也要能撞擊讀者感受的深度，否則失之鬆散。

文學使人對人生感受得更為深刻，哲學使人對人生理解得更為深刻。戴望舒的詩風由繁複的文白夾雜，到純淨的白話，確立了三十年代象徵主義的抒情風格。當激情冷凝下來，平靜地面對命運，深刻的情感就有哲理的可能性，就像認命是智慧之門。戴望舒能集中收束感性的強度，其餘就由四十年代現代主義的知性風格繼續開拓吧！

戴望舒潛意識的欲望，對愛要求得太過強烈。超過自己的能力去苦戀，最後得到的是恨，這或許是他婚姻不幸的最大根由。他的夢，包含著愛與死。

五、「新」戴望舒

初接觸戴望舒的詩，是在一些現代詩選中，不過是含名詩〈雨巷〉在內寥寥數首而已。〈雨巷〉能融合晚唐與法國的象徵主義詩風，戲劇性邂逅頗能激發浪漫想像的空間，撞擊讀者戀慕驚喜的心境，直追唐朝崔護的「人面不知何處去，桃花依舊笑春風」。但〈雨巷〉一詩原創意味稍不足，轉引南唐李璟「丁香空結雨中愁」的意境。為求音韻之美，大量重複，句法有些凝滯。但〈秋天的夢〉卻是短小精悍的傑作。〈我底記憶〉構想不差，但構想來自模倣；白話的爽利卻是驚人的，總覺還有些取巧。對戴望舒的印象是繼李金髮之後，使象徵詩風能「開始」成熟地表現，但只有到何其芳才才氣煥發。

後來，偶在一評論本中見到作者引戴望舒詩作〈三頂禮〉的部分句子，尤其把戀人的脣形容成「小小的紅翅的蜜蜂」，另外一首〈小病〉則說「細風是常在細腰蜂的翅上」，如此匠心，形象鮮明生動，能深刻意識到象徵詩學的技法，應具有創作的雄厚實力。直到前兩年見到大陸百花文藝出版社重新影印《望舒草》與《望舒詩稿》出版，證明了我的直覺，才覺得應對戴望舒的詩藝全面重新評估。

戴望舒婚姻的不幸，「或多或少」反映在他的詩作中，這幾乎已成詩界的共識。但戴望舒《望舒草》按寫作時間的順序排列詩作，未將情詩安放到一輯，幾首客觀手法的詩作隔斷了情思的凝聚。詩界未將他全部詩作放在愛的幻滅與希望中來評估，以致從未正確評估戴望舒式情詩的重量。人人皆知戴望舒，人人也錯過了戴望舒。回頭看諸論者之言，我贊同紀弦的說法：「《望舒草》是戴望舒一生的代表作，他的最出色的詩篇都包含在內了。在那本集子裡，充滿了一種動人的美好的憂愁，一種低迴的調子有如蕭邦的小夜曲，而一種象徵的表現手法是非常之纖細的。」這是知音之言。

在表現手法上，大陸學者張同道進一步注意到戴望舒作為一位成熟的詩人，建立了自己的意象符號系統，把「青色」與「飄」視為核心的意象。並製圖表示：

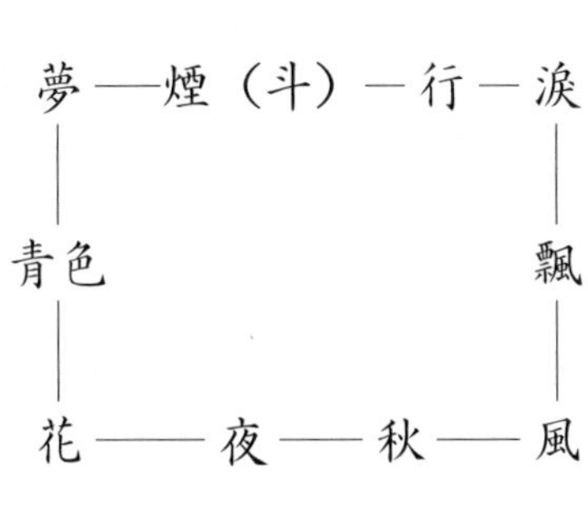

這種提法，確已勾勒了戴望舒象徵詩學的技法意識，而且充分論述並列舉相關詩行，更呼應了紀弦所說的「動人的美好的憂愁」和「象徵的表現手法」。不過可以進一步指出：風和夢才是戴望舒的核心意象，圍繞在這許多慣用意象中的，那一片

巨大的空白，是愛與死的王國。歌德說：「靈魂的喫苦受難，使文學成為必要」，這也是戴望舒詩境的深刻之處。這裡是戴望舒的愛情密碼，也是他的命運密碼。本書企圖為戴望舒造像，證明他不僅是「名」詩人也是大詩家：能將象徵主義的技巧，與自己生命的深刻感受相結合。

六、選注原則

我採取以主題的方式，選注戴望舒的詩共四十四首，較能呈顯戴望舒的「夢魂」。輯一「我的戀人」是詩中以戀情或戀人為主題的，計收二十五首。大致上，從《我底記憶》中選出三首（即在輯中前三首，另外有三首與《望舒草》所收的相重複，算《望舒草》的）；從《望舒草》中選出二十首；從《災難的歲月》中選出兩首（即輯中後兩首）。輯二「我的素描」是以自我的心境為主題的，也就或多或少呼應輯一的愛情心境，計收十一首。從《我底記憶》中選出的四首，與《望舒草》所收的均重複，故計入自《望舒草》中選出的，另有六首亦是從《望舒草》中選出，只從《災難的歲月》中選一首（輯中最後一首）。以上二輯，共三十六首，是戴望舒詩作的精華，從《望舒草》選出的就占了三十首，可見《望舒草》的藝術分量。如此編選，較能集中呈現戴望舒在愛情上的喫苦受難，也將使戴望舒的詩呈現嶄新的風貌和巨匠的姿態。

輯三「白蝴蝶」多屬靈光一閃或較為客觀化乃至大到社會變動的詩作，計收八首。從《我底記憶》中選出〈斷指〉，從《望舒草》中選出〈村姑〉、〈深閉的園子〉，從《災難的歲月》中選出〈獄中題壁〉、〈我用殘損的手掌〉等五首，以上提到題名的五首，除〈深閉的園子〉外，其餘四首名聲響亮，其實這類客觀化的筆路非戴望舒所長。其實《災難的歲月》中，如〈夜蛾〉、〈致螢火〉也並非全無可觀，只是這種時代的災難，已是他婚姻災難之後的再度淩遲，致構想雖佳，但詩句流散，凝結力弱。輯四是「詩論零札」，是詩人創作的信條，只能說是斷片，思路飛揚跳躍。發表當時是重要的，已不合現在系統論述的要求，我稍稍理清其眉目。

輯五是「巴黎的書攤」，是戴望舒遊學巴黎時訪書尋書的心得，尋書猶如尋寶，可以給現在的學子們啟示與示範。最後，戴望舒年表綜合參考多種資料，有兩種資料相左的，半憑推算，出入有限，也祈望海內外方家進一步指正。

輯・一【我的戀人】

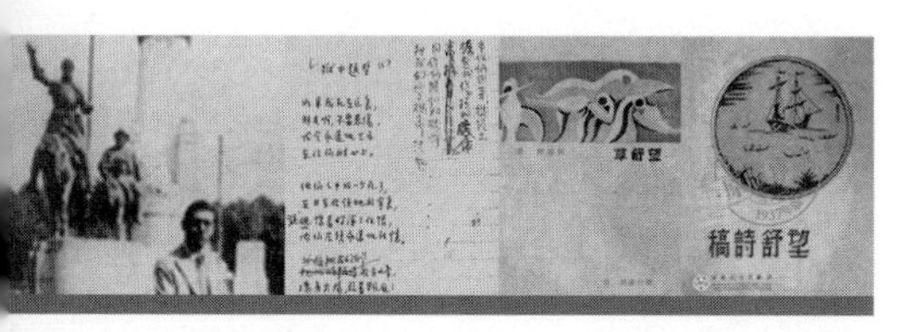

十四行

看微雨飄落在你披散的鬢❶邊，
像小珠散落在青色海帶草間，
或是死魚浮在碧海的波浪上，
閃出萬點神祕又淒切的幽光，

它誘著又帶著我青色的魂靈，
到愛和死底夢的王國中逡巡❷，
那裡有金色山川和紫色太陽，
而可憐的生物流喜淚到胸膛；

就像一隻黑色的衰老的瘦貓，
在幽光中我憔悴又伸著孄腰，
吐出我一切虛偽真誠的驕傲；

然後又踉牠踉蹌❸在薄霧朦朧，
像淡紅的酒沫飄浮在琥珀鍾❹，
我將有情的眼埋藏在記憶中。

注釋

❶鬢　音ㄅㄧㄣˋ。臉旁邊的髮毛。
❷逡巡　徘徊不前進。逡，音ㄑㄩㄣ。
❸踉蹌　音ㄌㄧㄤˋ ㄑㄧㄤˋ。走路不穩的樣子。
❹琥珀鍾　琥珀色透明的酒器。琥珀，一作虎魄，礦物名，是樹脂的化石，有香氣。有脂肪光澤，色蠟黃或赤褐色，透明至不透明。鍾，酒器。

賞析

這首詩可以分為前兩段與後兩段。有意思的是前兩段是前期風格不成熟的味道，稍雜亂，後兩段卻是道地的象徵主義了。

戴望舒描寫的景物，常象徵他的心情。「微雨」像微微悲哀的淚滴——「小珠」。「披散的鬢」在形象上類似長長的「青色海帶草」。動詞更隱喻了他在心情上的動態化表現，「飄落」中的「飄」是無力的風，「落」是落下，總是飄浮無力而落下的心情，「散落」是消散落下，也是無力的結果。心情就像「死魚」了，透過死寂的心境，折射出「神祕又淒切的幽光」。死亡折射出幽光——幽暗的光芒。

「它」應指死魚。顏色的變化，也隱喻心情的變化。要記得「青色」總是戴望舒「魂靈」的象徵，是亮色與暗色的結合，如同「碧」海的青綠色一樣。愛的希望，死的幻滅，是「夢」的王國，戴望舒的夢工廠。希望是「金色」，幻滅是「紫色」，兩者合成了幽光。

後兩段的意象較能集中量化。把自己的形象隱喻為「消瘦」的貓，黑色是沉黯的，「衰老」是時間的消逝，病態的無力。形神「憔悴」當然可以想見，但「伸著嬾腰」又好像故作無事而懶散的神態。他有愛與死的真情，故驕傲；但同樣有既真誠又虛偽的矛盾心情，明明憔悴，又故作無事狀。

貓的步態因衰老、消瘦而浮步不穩致「踉蹌」，像醉態一樣。淡紅的酒沫被同樣顏色的「琥珀鍾」隱藏了，看不出有酒。在「記憶」中也隱藏了情感，在琥珀的赤褐色中，總掩映著血的深情。

聞曼陀鈴[1]

從水上飄起的，春夜的曼陀鈴。
你咽怨的亡魂，孤寂又纏綿，
你在哭你底舊時情？

你徘徊到我底窗邊，
尋不到昔日的芬芳，
你惆悵地哭泣到花間。

你淒婉地又重進我紗窗，
還想尋些墜鬢的珠屑——

啊，你又失望地咽淚去他方。

你依依❷地又來到我耳邊低泣；

啼著那頹唐❸哀怨之音；

然後，懶懶地，到夢水間消歇。

注釋

❶曼陀鈴　西洋樂器名，半梨形而頸較長，彈撥發音，形略似琵琶。

❷依依　柔順思慕。

❸頹唐　意與闌珊，精神不振。

賞析

雖是聽曼陀鈴，卻與自己的心聲互喻。將曼陀鈴聲擬人化，甚至是「亡魂」那樣幽怨，那麼雖然飄起於水上，且屬於春夜，應該屬於青春的，卻有水和夜的淒涼。雖是孤寂的，卻又有「舊時情」的纏綿。

鈴聲曲折迴盪，好像是在尋覓，但繁華事散，昔日的芬芳已消散。「花間」好像往日繁華，只有在花間惆悵哭泣。「珠唇」或許是零星的小雨珠，總是往事殘餘的痕跡。但尋覓後又是失望，只有悲咽著淚珠。

現在鈴聲又低泣，都是無力的哀音，既然無從尋覓，就懶懶地回到「夢水」間消散歇止了。

曼陀鈴聲的運動，只是追憶往日的情懷，這就是戴望舒夢的底色。他的夢，仍是愛的希望和死的幻滅。甚至愛的希望就以死的幻滅為底色，簡單說，愛的底色是死。所以曼陀鈴聲「咽怨」、「哭」、「哭泣」、「咽淚」、「低泣」、「啼著哀怨」，這簡直就是亡魂的聲音。

戴望舒詩中「水」的意象，是有死亡的色調的，這是空間的運動，從水上飄起的亡魂的聲音。「春夜」的意象則是時間的運動，對舊時情的追憶。兩種運動互相交纏，幻滅中的希望，希望又再次幻滅；運動過程是不斷地哭泣。在戴望舒身後的陰影裡，站立著晚唐的李商隱，一句「春蠶至死絲方盡，蠟炬成灰淚始乾」就道盡春夜纏綿又消散的無力與無奈。

情緒的形容詞太多，重複拖沓。這首詩的好處是推到曼陀鈴聲的幽怨上，免去了詩人自道。

雨巷

撐著油紙傘❶，獨自
彷徨❷在悠長，悠長
又寂寥的雨巷，
我希望逢著
一個丁香❸一樣地
結著愁怨的姑娘。

她是有
丁香一樣的顏色，
丁香一樣的芬芳，

丁香一樣的憂愁，
在雨中哀怨，
哀怨又彷徨；

她彷徨在這寂寥❹的雨巷，
撐著油紙傘
像我一樣，
像我一樣地
默默彳亍❺著，
冷漠，淒清，又惆悵。

她靜默地走近
走近，又投出
太息❻一般的眼光，
她飄過

像夢一般地，
像夢一般地淒婉迷茫。

像夢中飄過
一枝丁香地，
我身旁飄過這女郎；
她靜默地遠了，遠了，
到了頹圮❼的籬牆，
走盡這雨巷。

在雨的哀曲裡，
消了她的顏色，
散了她的芬芳，
消散了，甚至她的
太息般的眼光，

丁香般的惆悵。

撐著油紙傘，獨自
彷徨在悠長，悠長
又寂寥的雨巷，
我希望飄過
一個丁香一樣地
結著愁怨的姑娘。

注釋

❶油紙傘　傘面以油紙為之，故防水。
❷彷徨　同「徬徨」。徘徊。
❸丁香　花淡紅色，多花簇生莖頂。花蕾為芳香性之調味藥。
❹寂寥　寂靜空洞之意。

❺彳亍　音ㄔˋ ㄔㄨˋ。行走時稍有停頓的樣子。
❻太息　嘆息。
❼頹圮　頹敗毀壞。圮，音ㄆㄧˇ。

賞析

此詩一出，可以說戴望舒成功地跨進了象徵主義，並成功地結合了法國象徵主義與中國晚唐的詩風。詩中的象徵「丁香」雖自南唐李璟詩句「丁香空結雨中愁」脫蛻而出，延展成全詩的情境，但音色的流動相當突出，是情緒的節奏。

全詩布置一個淒迷的情境，在雨中的孤獨徬徨，「希望」遇到一個丁香姑娘，為什麼帶著謎般的愁怨呢？她像「夢」空幻的飄過，終於在雨中「消散」了蹤影，「夢」雖然終歸幻滅，但是仍抱著痴絕的希望。這首詩的迷人處，就在那偶然的邂逅謎般的愁怨，情詩帶有令人迷惑的戲劇性，就能獲得成功。戴望舒在詩中表現愛情的幻滅，很像晚唐詩人李商隱，李商隱也是為情痴絕的詩人，戴望舒有同樣痴絕的心境。他把李璟的這句詞轉化得恰到好處，又把場景配置在雨巷中相遇的戲劇性邂逅中，難怪被譽為「象徵主義的雨巷詩人」。

「丁香」在字質上，「丁」是小巧可憐愛的，「香」則充滿了香味，李璟把丁香花擬人化，「丁香空結雨中愁」，說她徒然地凝結著雨中的愁怨，好像雨珠在花瓣上凝結，如同淚珠。戴望舒就把「丁香」作為姑娘的象徵，那麼這姑娘也就小巧令人愛憐，帶著粉紅的色澤與香味，在雨中也凝結著愁怨了。

除了戲劇性，音色的流動相當突出，或許是受法國詩人魏爾倫的影響。詩中大量地運用雙聲疊韻詞，如徬徨、憂愁、彳亍、淒清與惆悵等，雖然丁香的意象不斷回旋往復，形成流動、暗示與聯想的美感，還有音色的流動，朦朧的意象美和諧地表達情境與氛圍，但重複太多，尤其是情緒的形容詞太多，會彼此干擾，使主要心境模糊。魏爾倫式的毛病也一起出現了。

此詩畢竟是戴望舒詩作的定音石，是過渡到成熟期的詩作。為了音色交錯的流動，刻意地重複了情緒的形容詞，多少還難以盡除蕪穢，但已較前期的詩作淡化了。

夜

夜是清爽而溫暖，
飄過的風帶著青春和愛的香味：
我的頭是靠在你裸著的膝上，
你想微笑，而我卻想啜泣。

溫柔的是縊❶死在你的髮絲上，
它是那麼長，那麼細，那麼香；
但是我是怕著，那飄過的風
要把我們的青春帶去。

我們只是被年海的波濤
挾著飄去的可憐的沉舟，
不要講古舊的綺膩❷風光了，
縱然你有柔情，我有眼淚。

我是害怕那飄過的風，
那帶去了別人的青春和愛的飄過的風，
它也會帶去了我們底，
然後絲絲地吹入凋謝了的薔薇花❸叢。

注釋

❶縊　懸著繩子絞死。
❷綺膩　華麗甜蜜的意思。
❸薔薇花　莖多刺，初夏枝梢開花五瓣。其色有紅、白、黃、淡紅、淡黃五色，可觀賞及製香水。

賞析

第一段「飄過的風」是帶著青春和愛的香味的，訴諸嗅覺，故夜顯得清爽溫暖，訴諸觸覺。「裸著的膝」同時訴諸視覺和觸覺，強度漸漸增加，達到心理感——「想」。想微笑，表示實際上沒有微笑，在這情景中似乎增加了一些無奈，某種悲哀的預示，以致「我卻想啜泣」。

溫柔到什麼程度呢？被你迷人的髮絲絞死了，這髮絲又長又細，又帶著香味，呼應了第一段「愛的香味」。飄過的風吹拂過髮絲就帶著香味了。由想啜泣到怕，由愛的香味到「把我們的青春帶去」，以至於美事不再，令人惘然。

第三段稍換喻，把飄過的風轉為「年海的波濤」，可能指時光之海。但動詞仍用「飄去」，好像時光消逝，我們的青春與愛情已成「沉舟」了，也消逝了。不要再說從前的華麗和甜蜜了，你有柔情，更惹人情傷，我只有眼淚。

第四段又恢復「飄過的風」，這飄風的意象是無力的，即使無窮的追憶也無力挽回，也代表了時光之消逝。更是一種命運，把所有的人的青春和愛都帶走，吹入那曾經美麗過卻已凋謝的薔薇花叢。

路上的小語

——給我吧，姑娘，那朵簪❶在髮上的
小小的青色的花，
它是會使我想起你的溫柔來的。

——它是到處都可以找到的，
那邊，你瞧，在樹林下，在泉邊，
而它又只會給你悲哀的記憶的。

——給我吧，姑娘，你的像花一般燃著的，
像紅寶石一般晶耀著的嘴脣。

它會給我蜜的味，酒的味。

——不，它只有青色的橄欖的味，
和未熟的蘋菓的味，
而且是不給說謊的孩子的。

——給我吧，姑娘，那在你衫子下的
你的火一樣的，十八歲的心，
那裡是盛著天青色的愛情的。

——它是我的，是不給任何人的，
除非有人願意把他自己底真誠的
來作一個交換，永恆地。

注釋

❶簪　音ㄗㄢ。插；戴。

賞析

全詩分三節，每節兩段各三行。「給我吧」，造成對話的感覺，第一節要的是插在髮上的小花，是貼身但外在的，第二節要的則是嘴脣，是生理上的觸覺、味覺，第三節要的則是心，是心理上的愛情。可說層層深入。

花令人想起你的溫柔，但花既在樹下又在泉邊，到處充滿了對你的記憶，這記憶是悲哀的。花的色澤是青色，青色有悲哀的意涵。嘴脣的色澤是紅潤的，故像花一般燃著的，動詞「燃著」和「晶耀著」都是動態地呈現，像蜜一樣鮮豔欲滴，像酒一樣令人沉醉。但即使紅花、紅寶石的形象，也歸回青澀的滋味，只許真誠的心享有，所以「不給說謊的孩子」。「在你衫子下」多少含有一些慾望，火一樣的心是熱情，應該也是紅色，但心像容器一樣「盛著」天青色的愛情，青色構成了整首詩的意象中心。

青色由第一段的悲哀，到第二段的青澀，到第三段的純真，層層轉化。青色是記憶中的核心意象。至於第三段的「天青色」是重心放在色澤上，但含有天無窮開闊的空間；也可以說由李商隱「碧海青天夜夜心」轉化而來，此句的重心放在天的無窮開闊的空間，含有青的意思。這樣的戀結構成了祕密，是屬於自我的記憶，除非有另一個真誠的人，能坦露自己的祕密，才能交換。

林下的小語

走進幽暗的樹林裡，
人們在心頭感到寒冷。
親愛的，在心頭你也感到寒冷嗎，
當你在我的懷裡，
而我們的脣又黏著的時候？

不要微笑，親愛的，
啼泣一些是溫柔的
啼泣吧，親愛的，啼泣在我的膝上，
在我的胸頭，在我的頸邊：

啼泣不是一個短促的歡樂。

「追隨你到世界的盡頭，」
你固執地這樣說著嗎？
你在戲謔❶吧！你去追平原的天風吧！
我呢，我是比天風更輕，更輕，
是你永遠追隨不到的。

哦，不要請求我的無用心了！
你到山上去覓珊瑚吧，
你到海底去覓花枝吧；
什麼是我們的好時光的紀念嗎？
在這裡，親愛的，在這裡，
這沉哀，這絳色❷的沉哀。

注釋

❶戲謔　調笑不敬。
❷絳色　大紅色。

賞析

這首詩採取對話形式，口語鮮活爽利。

在幽暗的樹林中，人們心頭會感覺寒冷，這是普遍性；所以「親愛的」你也會感到寒冷。寒冷的感覺轉向了兩人的愛情關係，有戲劇性的趣味。當你在我懷裡，脣又黏著的時候，為何如此熱情卻又感到寒冷呢？冷與熱，構成戲劇性的衝突。

在親暱的稱呼中，由生理引發的心理上的寒冷，導向微笑與啼泣的愛情戲劇的隱線。在這對比中，微笑是短暫的歡樂，而啼泣不是。戲劇性掘出感受的深度。

把你的話引入詩中，「追隨你到世界的盡頭」，好像海枯石爛，此情不渝。但我卻懷疑你說此言時的態度，「固執」只是表面上的形式符合我們的親暱關係，「戲謔」

卻是這種關係的反諷，瓦解了親密的關係。那你也不用追隨我了，你去追平原上的天風吧！在你我關係中微妙的互動，是有點負氣的話。親密關係被否定，引起我精神能力的升高，加強防衛機轉，我比天風還輕，你根本追隨不到我。

「無用心」在語意上似有些含糊，好像是要我把這親密關係放下，那麼前面的暗示，在這裡戲劇性的引爆，可能導致分手的悲哀。這樣的請求無效，山上沒有珊瑚，海底沒有花枝，你不能去山上找珊瑚，去海底找花枝。我們曾經度過這些好時光，用什麼紀念這好時光，前面的啼泣經過戲劇性的糾葛，加強成為沉重的悲哀。將悲哀色澤化為可見的大紅色，也是血紅的顏色。

這首詩的好處在於由你我對話，徐徐引出你我關係的戲劇性矛盾，充滿張力。天風是戴望舒象徵詩學的主要象徵之一，引向高度和廣闊的宇宙空間，絳色則是象徵性的顏色，象徵了愛情的痛苦。

到我這裡來

到我這裡來，假如你還存在著，
全裸著，披散了你的髮絲：
我將對你說那只有我們兩人懂得的話。

我將對你說為什麼薔薇有金色的花瓣，
為什麼你有溫柔而馥郁❶的夢，
為什麼錦葵❷會從我們的窗間探首進來。

人們不知道的一切我們都曾深深了解，
除了我的手的顫動和你的心的奔跳，

不要怕我發著異樣的光的眼睛，
向我來：你將在我的臂間找到舒適的臥榻。

可是，啊，你是不存在著了，
雖則你的記憶還使我溫柔地顫動，
而我是徒然地等待著你，每一個傍晚，
在橙花❸下，沉思地，抽著煙❹。

注釋

❶馥郁　香氣濃鬱。
❷錦葵　夏月葉腋開花，花瓣呈倒心臟形，淡紫紅色，有濃紫線條。
❸橙花　樹高三公尺餘，初夏，枝梢開五瓣白色花。
❹煙　同「菸」字。用意在營造煙霧的感覺。

賞析

以假設的情況開始，實際的狀況你不存在，但已取得「你還存在著」的權利。在如此親密的關係中，全裸著，披散著髮絲，以至於兩人之間只餘愛情密碼，只有兩人懂得的話，那也是甜蜜的話。

薔薇並沒有金色的花瓣，除非在金色的陽光中，金色象徵希望及祝福。在愛情的甜蜜中，夢中也是溫柔而充滿香氣。「錦」在字質上令人聯想到錦繡，錦葵好像說花形豔麗。把它擬人化，「探首」進來，也要羨慕愛情的甜蜜。

人們不知道的一切，就是我倆的愛情密碼，我們深深了解愛情的甜蜜——那是「我的手的顫動和你的心的奔跳」，是兩人間的親密關係。「發著異樣的光的眼睛」是希望之光，也是愛的光輝。可以把我的手臂當做眠床了。

但是你是不再存在著了，縱使記憶中充滿了溫馨，回憶起來，也有溫柔的顫動。戴望舒詩的韻律中，常是在時間中先把現在帶入了過去，現在消失，只餘過去的現在，是充滿甜蜜的。而當過去消逝後，過去又侵入了現在，使現在充滿惘然的無力感。現在不再向未來流動，而是被凍結在過去，這是凍結的時間，使現在也被凍結了。

他等待著，每一個傍晚，希望過去的你仍會再回來。橙花好像還帶著過去愛情的香氣，一切已歸於煙的幻渺。

【戴・望・舒】

煩憂

說是寂寞的秋的悒鬱❶，
說是遼遠的海的懷念。
假如有人問我煩憂的原故，
我不敢說出你的名字。

我不敢說出你的名字，
假如有人問我煩憂的原故：
說是遼遠的海的懷念，
說是寂寞的秋的悒鬱。

注釋

❶悒鬱　心裡鬱悶，不愉快。

賞析

這首詩形式上是倒排的重複，詩思構成迴環式。重複是為了強調，雖然「不敢說」，但你的名字實是煩憂的原故。

一開始說時間，把寂寞寄託給秋天；對著寂寞的秋天，心裡悶悶不快。次則說空間，對那遼闊遙遠的海，對在於遠方的事物，產生了懷念。說是這樣，說是那樣，在行動的順序上應先有人提問才回答，故第三句是倒裝，一開始先回答眼前的時節，遙遠的空間。為什麼「不敢說」呢？詩人並未回答。「你的名字」顯然觸及心底最強烈的感情，怕說了又要觸動傷懷。

第二段首句再強調「我不敢說出你的名字」，假如有人問我為什麼煩悶，就寄託給遼遠的海，寂寞的秋。如果將詩素重組：你的名字是我煩憂的原故，因為你使我懷念和悒鬱，你就像遼遠的海在遠方一樣，我懷念著遠方的你。在秋天的時候，你不在我身旁，我因寂寞而顯得鬱悶。

在手法上，頭兩句採對句的形式使調子輕快。尤其「秋的」、「海的」在字面上省略了主觀涉入，免得造成表達形式上複雜與不對稱；否則頭兩句當改成「說是寂寞的秋而感到悒鬱／說是懷念遼遠的海」，「悒鬱」與「懷念」不能得到並排而強調。顯見原作之美。

這首詩雖非重量級作品，但調子不錯。

百合❶子

百合子是懷鄉病的可憐的患者，
因為她的家是在燦爛的櫻花❷叢裡的；
我們徒然有百尺的高樓和沉迷的香夜，
但溫煦的陽光和樸素的木屋總常在她緬想❸中。

她度著寂寂的悠長的生涯，
她盈盈❹的眼睛茫然地望著遠處；
人們說她冷漠的是錯了，
因為她沉思的眼裡是有著火燄。

她將使我為她而憔悴嗎？
或許是的，但是誰能知道？
有時她向我微笑著，
而這憂鬱的微笑使我也墜入懷鄉病裡。

她是冷漠的嗎？不。
因為我們的眼睛是祕密地交談著；
而她是醉一樣地合上了她的眼睛的，
如果我輕輕地吻著她花一樣的嘴唇。

注釋

❶百合　多年生草本，花白或紅黃。
❷櫻花　櫻樹的花，色淡紅，甚嬌豔。
❸緬想　遙想。

❹盈盈　水清淺貌，比喻眼波靈動。

賞析

以花名來命名人，故隱其名；而人也取得花的特性，像百合花那樣的美。百合子患了懷鄉病，「燦爛的櫻花叢」，群芳並居，顯得好不熱鬧，對比著現在「寂寂的悠長的生涯」，那是長長的寂寞。

百尺高樓和兩人間沉迷的「香夜」，都似乎敵不過她所遙想的陽光與木屋。我在近處，她卻茫茫望著遠處，顯得冷漠。詩人為她辯白，她不是冷漠，眼睛裡有火燄表示熱情。但問題是對什麼熱情呢？她在沉思什麼呢？像是懸而不決的答案。為什麼眼神「茫然」呢？

詩人顯然為她憔悴，但沒有人知道。她「有時」對他微笑，但這微笑卻也像是遙遠有距離的，這微笑是「憂鬱」的，她充滿了寂寞。現在反過來，詩人墜入了懷鄉病，詩人的懷鄉病是什麼呢？是她的熱情嗎？如果是情人，本應是熱情的，但「冷漠」出現了兩次，顯見是她的冷漠，使情人之間有了距離。

詩人不肯相信她的冷漠，一廂情願地說「眼睛是祕密地交談」，把視覺轉化成聽覺。可是交談些什麼，卻還是祕密，並沒有傳達出傾心的熱情。聽覺再進一步轉成行動來肯定她並不冷漠，因為她沉醉於彼此的相吻。只要他輕輕地一吻，她就沉醉了。只在最後兩句，強有力地肯定她對他仍然是熱情的。

八重子

八重子是永遠地憂鬱著的，
我怕她會鬱瘦了她的青春。
是的，我為她的健康罣慮❶著，
尤其是為她的沉思的眸子。

髮的香味是簪著遼遠的戀情，
遼遠到要使人流淚；
但是要使她歡喜，我只能微笑，
只能像幸福者一樣地微笑。

因為我要使她忘記她的孤寂，
忘記縈繫著她的渺茫的鄉思，
我要使她忘記她在走著
無盡的，寂寞的淒涼的路。

而且在她的唇上，我要為她祝福，
為我的永遠憂鬱著的八重子，
我願她永遠有著意中人的臉，
春花的臉，和初戀的心。

注釋

❶罣慮　即掛念。罣，音ㄍㄨㄚˋ。

賞析

「八重子」不知何所借名，總指向一個女人，或是指心隔了八重。此詩詩境與〈百合子〉類似。百合子患懷鄉症且冷漠。八重子憂鬱，也有「鄉思」，且影響了健康。

憂鬱到使青春消瘦，「鬱瘦」這動詞使青春像身體會消瘦一樣而形象化，心裡的感受化成了視覺。憂鬱使青春在一種鬱悶的心境裡，這種心境甚至會影響到她的生理的健康。詩人也從「怕」她青春的憂鬱不快，轉成「罣慮」她的健康。這一切轉變，都是因為憂鬱，故詩人轉向掛念她的心理，她為什麼憂鬱呢？她在沉思著什麼呢？

「簪」字很有動感，像髮簪插戴一樣。髮的香味訴諸嗅覺，由香味的嗅覺觸動到心裡的感受。但戀情為何是遼闊而遙遠的呢？詩人喜用「遼遠」來形容很難把握的戀情，所以遼遠到要使人流淚。流淚是傷感，但為使她歡喜，還要強顏歡笑。這種矛盾的心境備受折磨，甚至假裝自己是很幸福的，落寞與空虛可以想見。

詩人只能和對百合子一樣，用鄉愁解釋八重子的孤寂。如果是濃情蜜意的戀人，又為什麼會孤寂呢？鄉思當然是「渺茫」的，因為不確切。詩人再三地說，「我要使她忘記」，希望帶給她快樂。但是「她在走著/無盡的，寂寞的淒涼的路」，顯然這正是八重子的沉思，八重子與詩人一起時，感到的正是無盡的寂寞與淒涼。

詩人仍有深心的祝福，把祝福形象化為吻她的唇，希望她永遠能像自己的「意中人」一樣，臉能像春花一樣熱情開放，心能像初戀一樣甜蜜。詩人不僅在祝福八重子，自己假裝幸福者，為的是給她一種幸福；祝福八重子，是筆端含蓄，其實也在祝福自己。

夢都子

致霞村

她有太多的蜜餞的心——
在她的手上，在她的唇上；
然後跟著口紅，跟著指爪，
印在老紳士的頰上，
刻在醉少年的肩上。

我們是她年青的爸爸，誠然，
但也害怕我們的女兒到懷裡來撒嬌，
因為在蜜餞的心以外，
她還有蜜餞的乳房，

而在撒嬌之後，她還會放肆。

你的襯衣上已有了貫矢❶的心，
而我的指上又有了紙捻❷的約指❸，
如果我愛惜我的秀髮，
那麼你又該受那心願的忤逆❹。

注釋

❶貫矢　約指箭連貫而發。
❷紙捻　用紙搓成的東西。捻，音ㄋㄧㄢˇ。兩個指頭搓著。
❸約指　指環，通稱戒指。
❹忤逆　違背，不順從。

賞析

一開始稱呼「她」，似在保持心裡的距離。她的心，將心理感受味覺化，「太多的蜜餞」，訴諸於我們平常吃蜜餞的甜味。但「太多」了，手上也有蜜餞，唇上也有蜜餞，把她的手和唇的動作與姿態，用味覺來形容，黏膩膩的，非常生動。這些蜜餞「跟著口紅，跟著指爪」，唇上擦口紅，留長指爪，口紅就「印」在老紳士的頰上，指爪就「刻」在醉少年的肩上。表現「她」的放蕩不羈，形象非常生動。

稱呼「我們」，大約是「我」和第一段中的「老紳士」與「醉少年」吧！至於說「我們是她年青的爸爸」，是表達這種她與「我們」在肢體上的親密關係。「爸爸」這比喻，也是神來之筆。她是我們的女兒，「到懷裡來撒嬌」，神態活靈活現。起先由心到手、唇，現在連乳房也是蜜餞了，由觸覺幾乎到引起生理上性反應的層次了，這就是「撒嬌之後」的「放肆」。

稱呼一變為「你」和「我」，就成了可以對話的親近距離。「你」該是指「她」，也就是霞村。心能「貫矢」，連珠而發，表示我對你的情感，而我也受著指環的約束，雖然是紙搓成的，仍是約束。幾個較不常用的詞，使白話的鬆散稍能凝聚、緊湊。

為何用紙捻的，不是很清楚，是不是說一紙婚約的束縛？「我愛惜我的秀髮」語義上應指我愛惜屬於我的，你的秀髮。「心願的忤逆」應指你不該有太多蜜餞的心。最後兩句語義模糊，是表達上的含混無力。

如果猜得不算過分，霞村就是戴望舒再婚的妻子，性情差異極大，兩年後終告離婚。

單戀者

我覺得我是在單戀著，
但是我不知道是戀著誰：
是一個在迷茫的煙水中的國土嗎，
是一枝在靜默中零落❶的花嗎，
是一位我記不起的陌路麗人嗎？
我不知道。
我知道的是我的胸膨脹著，
而我的心悸動著，像在初戀中。

在煩倦的時候，

我常是暗黑的街頭的躑躅❷者，
我走遍了囂嚷的酒場，
我不想回去，好像在尋找什麼。
飄來一絲媚眼或是塞滿一耳膩語❸，
那是常有的事。
但是我會低聲說：
「不是你！」然後踉蹌地又走向他處。

人們稱我為「夜行人」，
儘便吧，這在我是一樣的；
真的，我是一個寂寞的夜行人
而且又是一個可憐的單戀者。

注釋

❶零落　植物枯落。

❷躑躅　行而不進的樣子。
❸膩語　厭煩的話語。

賞析

單戀總有對象，但此詩中對象無可寄託，故自問是「迷茫的煙水中的國土嗎」，其實像是面對遙遠空間的未知，使人迷惑茫然。「在靜默中零落的花」表面上是植物枯落，另一方面又可按情詩傳統以花喻美人，那麼所憐惜的無非是指百合子與八重子那樣的對象了，詩人曾摯愛過的女人。而婚約解除，結婚後又離婚，帶來的只是惆悵與失落。目標新指向「陌路麗人」，是不是某位陌生的美人呢？自問自答，還是沒有答案。詩人單戀的心情，一直懷著初戀的，一顆悸動的心。

自問後的行動，只是黑夜的徘徊不進，在喧鬧的酒場逗留，歡場女子的媚眼或話語都使人厭煩，「飄來」和「塞滿」用語自然生動。但悸動的心，渴求的是初戀，所以說「不是你」，然後行動轉向他處，「踉蹌」頗能表現不穩的腳步所帶有的心理上的失落感。

戀愛沒有寄託，只是不斷地在暗黑的街頭徘徊。夜行人與單戀者畫上了等號，寂寞與可憐也畫上了等號。

我的戀人

我將對你說我的戀人，
我的戀人是一個羞澀的人，
她是羞澀的，有著桃❶色的臉，
桃色的嘴唇，和一顆天青色的心。

她有黑色的大眼睛，
那不敢凝看我的黑色的大眼睛——
不是不敢，那是因為她是羞澀的；
而當我依在她胸頭的時候，
你可以說她的眼睛是變換了顏色，

天青的顏色，她的心的顏色。

她有纖纖的手，
它會在我煩憂的時候安撫我，
她有清朗而愛嬌的聲音，
那是只向我說著溫柔的，
溫柔到銷溶❷了我的心的話的。
她是一個靜嫻的少女，
她知道如何愛一個愛她的人，
但是我永遠不能對你說她的名字，
因為她是一個羞澀的戀人。

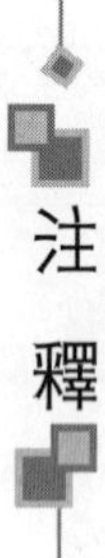

❶桃　高三公尺，春日先葉開花，花有紅白等色，又有單瓣重瓣之別，單瓣者皆五瓣。

❷銷溶　銷解溶化。

賞析

這首詩單純地描述戀人，羞澀呈現了桃色的臉，常因害羞而臉紅。詩中以桃花比喻女人時常取紅色的桃花，以與紅顏相比，如唐朝崔護：「人面桃花相映紅。」以桃花的顏色來比我的戀人，不論臉或嘴唇都有如桃花花瓣一般細膩的肌質。第一段是總述，在色澤上是桃色的青春紅潤，心是天青色的純真。

平常是黑色的大眼睛，即使是害羞不敢看我；一當我依在她胸頭時，黑色就轉成天青色，天青色象徵純真的心。戴望舒善於運用顏色的象徵，並以顏色的轉換來表現象徵的意義。

黑色的大眼睛，是訴諸視覺，呈現了戀人的眼容。纖細靈巧的手，進一步訴諸安撫的觸覺。清朗愛嬌的聲音，是聽覺的享受，溫柔的話語再一步訴諸心理層次，使我的心也銷溶了。也不僅是心理，她知道如何去愛，更使戀愛充滿了甜蜜。

這首詩表達起來調子相當輕快，口語化使全詩生動活潑。與〈路上的小語〉一詩並觀，戴望舒是否因為找到了天青色的顏色象徵，象徵一種青春的純真心境，盡去了文言的夾雜，就轉入了以生動的口語寫詩的方式?在這種生動的口語中，他同樣也去除了過多的情緒的形容詞，使他的藝術風格真正成熟起來。天青色的顏色象徵，可以說是戴望舒詩風格真正成熟的標幟。

有贈

誰曾為我束起許多花枝，
燦爛過又顯頓❶了的花枝，
誰曾為我穿起許多淚珠，
又傾落到夢裡去的淚珠？

我認識你充滿了怨恨的眼睛，
我知道你願意緘❷在幽暗中的話語，
你引我到了一個夢中，
我卻又在另一個夢中忘了你。

我的夢和我的遺忘中的人，
哦，受過我暗自祝福的人，
終日有意地灌溉著薔薇，
我卻無心地讓寂寞的蘭花愁謝。

注釋

❶顦顇　同「憔悴」。困苦。
❷緘　封。這裡指不說話。

賞析

用疑問句開頭，布置了懸疑的意味。「誰」可能指的是命運。束起許多花枝，花枝有象徵意味，象徵命運中的那些愛過的女人。前二句結尾的花枝，便與後二句的淚珠相應。花枝燦爛過又憔悴，在人的記憶中；白日為失戀而流淚，夜晚時淚又傾落到夢中。怎一個苦字了得。

第二段引至我與你的對話。這是苦戀的由來，你的眼睛充滿了怨恨，在幽暗中有些話語封口不說。我愛著的，是一個恨著我的女人。愛你，把我引入一個美好的夢中；分手時，我進入另一個夢而把你忘記了。

愛過又分手，夢過又遺忘，現在我只能暗自為你祝福。最後兩句以薔薇和蘭花呼應第一段的許多花枝，當我進入另一個夢中，有如殷勤灌溉薔薇，但被我無心遺忘的蘭花，也就憂愁地凋謝。

最後一段由於牽涉到愛與遺忘，能量最強，最富放射性。最能表現人生在愛情命運上的無奈，也是人生世相常有的普遍情境。

這首詩刻畫我與你的具體情境，愛的是一個怨恨我的女人，富於戲劇性。為愛流淚，淚又傾落到夢中，纏綿悱惻，哀怨動人。夢和遺忘，舊愛新歡，有如前世今生。詩語哀而不傷，珠圓玉潤，流利宛轉。是戴望舒詩中精品。

【戴・望・舒】

印象

是飄落深谷去的
幽微的鈴聲吧，
是航到煙水去的
小小的漁船吧，
如果是青色的真珠❶；
它已墮❷到古井的闇❸水裡。

林梢❹閃著的頹唐的殘陽，
它輕輕地斂❺去了
跟著臉上淺淺的微笑。

從一個寂寞的地方起來的，
迢遙的，寂寞的嗚咽，
又徐徐回到寂寞的地方，寂寞地。

注釋

❶真珠　即珍珠，蚌殼內所生之球狀物。形圓如豆，色白如銀。
❷墮　脫而下落。
❸闇　同「暗」。
❹林梢　樹林的樹枝末端。
❺斂　收的意思。

賞析

小巧的詩常是戴望舒的精品，意象多用換喻，使意象跳躍的幅度增大，詩語進行的速度轉為快速。這是因為換喻要更換不同的動詞，動詞就帶著隱喻的性質。第一段的三個換喻，也使形容詞大量減少。

我認為「印象」一詩的核心仍是愛戀，或許是出現了「青色」的象徵的原故。「飄落」是戴望舒愛用的動詞，飄落是無力的，鈴聲是精巧的，落到深谷裡就更加幽微。小小的漁船航到茫茫的煙水裡，船身也似乎被隱去。真珠是白色的，戴望舒不經意寫成青色的，因為青色是他用來象徵純真的愛的，所以真珠也帶著隱喻的色彩。「墮」字一般是用「墜」字，但墮有脫而下落的意思，可通。古井的古字有時間消逝的意味，真珠落入暗水，好像也不復可辨認了。

第二段稍弱。殘陽總是殘缺的美，把它擬人化，也帶著精神不振的意味。就因為它的殘缺，把臉上淺淺的微笑也收斂去了。

最後一段用了四個「寂寞」，重複總運用在情感最強烈的地方，可見戴望舒在主觀上的強調，但總是運用得太多。寂寞是愛戀對象的消逝，悲懷致成了嗚咽。

戴望舒的調子在憶及往日悲懷時，總運用沉暗的色調。所以印象不光是流轉無定的印象，而是以昔日的愛情為中心的。以換喻來變換的表現，主要的情感就收束在寂寞中，往事不再，只成追憶。

這首詩表現幽微的心境，好像記憶也已遙遠到不復可辨認，致形跡彷彿煙似消散了。

三頂禮❶

引起寂寂的旅愁的，
翻著輭浪的暗暗的海，
我的戀人的髮，
受我懷念的頂禮。

戀之色的夜合花❷，
挑達❸的夜合花，
我的戀人的眼，
受我沉醉的頂禮。

給我苦痛的螫的，
苦痛的但是歡樂的螫的，
你小小的紅翅的蜜蜂，
我的戀人的脣，
受我怨恨的頂禮。

注釋

❶頂禮　佛家語，五體投地以頭頂著尊者的腳面，是最崇敬的禮儀。
❷夜合花　常綠木，花瓣六片，花帶黃白色，有香氣，入夜後香氣濃烈，即合歡樹。
❸挑達　輕薄跳躍。

賞析

這首詩，以戀人的髮、眼、脣，作為三個頂禮歌頌的對象。由髮到眼到脣，是親密關係的層層深入。

旅愁也是鄉思，思念地回到家鄉，戀人的髮就引發這種鄉思。疊字「寂寂」、「暗暗」，一開始就帶著輕快的旋律。髮絲的翻捲，有如海浪的翻湧，在觸覺的上是柔軟的，在色澤上是黑的，形象上的比喻具體而別致。戴望舒以懷念來歌頌它，因為它充滿了回憶。

眼睛是黑色的，這是戴望舒選中夜合花的緣故，夜在字質上有黑的感覺。眼睛最讓人迷戀，是戀愛的顏色，也像花朵那般開放，香氣也是愛情的香氣，非常濃烈。愛情當然令人沉醉，那麼從第一段的觸覺的生理層次到第二段的戀的心理層次，可說更深入一層。這只是分別敘說，其實既為頂禮，表示都是在深刻的愛情基礎上，只不過從懷念到強烈，心理層次上更深刻了。沉醉是專注於對象，戴望舒以沉醉來歌頌它。

嘴唇是小巧可憐愛的，「紅」點出唇色，「翅」點出透明與飛動的動感，蜜蜂在字質上更有甜如蜜的味覺，形象生動飛揚。反過來，蜜蜂也有尾上針的螫刺，這是苦痛。深刻的愛情，還原到心理層次的苦與樂，也因為有過甜蜜的歡樂，就使螫刺的苦痛更為苦痛。由於唇吻在詩人含蓄的筆下，已是親密關係的極致，曾有的甜蜜在生理的接觸上就達到歡樂的頂點，撞擊到欲望的核心，如果蜜蜂（戀人）螫刺，就造成更深刻的苦痛。雖有歡樂，總結起來是痛苦，以至於心理上產生了怨恨，怨要強過恨，戴望舒以怨恨來歌頌戀人的脣。

層次的逐漸深化，是此詩的特點。意象運用在結合印象與物象時，相當堅實精確，有意象主義的味道，不過這原來就是象徵主義傑作之所長。這首詩是傑作。

秋天的夢

迢遙的牧女的羊鈴
搖落了輕的樹葉。

秋天的夢是輕的，
那是窈窕❶的牧女之戀。

於是我的夢是靜靜地來了，
但卻載著沉重的昔日。

唔，現在，我是有一些寒冷，

一些寒冷，和一些憂鬱。

注釋

❶窈窕　音一ㄠˇ　ㄊ一ㄠˇ。幽靜美好。

賞析

這首使用雙聲疊韻詞的技法已相當熟練，詩句也簡潔俐落。無論形容詞、名詞，大都不是雙聲詞，就是疊韻詞，充滿了聲音的呼應和律動感。

首句音調有舒緩的感覺。遙遠是空間的距離，牧女的身分帶著陌生的美感，激盪起想像。遙遠的羊鈴聲本是幽微的，卻造成振動的效果，「搖落」將本不相干的羊鈴和樹葉兩意象綰合。風吹葉落，怎麼會是羊鈴搖落了樹葉呢？但搖落就有這種效果。動詞的創新可以造成力點的轉移，不相干的，就產生了新的關係。

秋天的夢，也像樹葉那般飄落，也像樹葉那般輕。戴望舒的夢，總向愛戀集中。

為什麼輕呢？是空間距離的遙遠，令人惆悵。他把戀人構想成幽靜美好的牧羊女，更充滿陌生的美感。窈窕在聲音上近於迢遙的倒裝，在音感上也呼應。聲情之美，無以復加。

憶及這場戀情，又充滿了希望，夢想又靜靜地來到，昔日的痛苦又是沉重的，令人難以負載。輕的夢，希望如此渺遠，與沉重的昔日是輕與重的對比，筆端含蓄，只用沉重來代替痛苦。

全詩前六行已神完氣足，第七、八兩行有畫蛇添足之感。為什麼？夢是深刻的，那是往日情懷的愛戀之夢。前六行意象量化，筆端含蓄，但內蘊的情感十分強烈。最後兩行，突然寫到生理感和心理感，而只是「一些」，由沉重到一些，反而淡化了此詩情感在對比上的張力。一些可以呼應前面「夢是輕的」，卻以情感上的強度為代價，得不償失。

二月

春天已在野菊的頭上逡巡著了，
春天已在斑鳩的羽上逡巡著了，
春天已在青溪的藻上逡巡著了，
綠蔭的林遂成為戀的眾香國。

於是原野將聽倦了謊話的交換，
而不載重的無邪的小草
將醉著溫軟的皓❶體的甜香；

於是，在暮色溟溟❷裡

我將聽了最後一個游女❸的惋嘆，
拈著一枝蒲公英❹緩緩地歸去。

注釋

❶皓　白。
❷溟溟　同「冥冥」。暗的意思。
❸游女　出遊的女子。
❹蒲公英　菊科，葉緣有大鋸齒，春月，葉叢間出生花軸。實為瘦果，頂端有白毛，藉以飛散。

賞析

二月正是春天的開始，所謂一元復始，萬象更新。戴望舒如何表達一切物象更新的狀態呢？在野菊的頭上是把野菊擬人化，指野菊花的花尖上，斑鳩似已換上新羽，青溪的藻上也是油油的新綠，林中一片綠蔭。花、鳥、溪、林都可以被春天所激動勃發。前三行用複句表達，相同的句法組織，只更換了名詞。把春天擬人化，春天的徘徊逗留得到重複的強調，好像對這些更新的事物產生戀醉的情意。眾香的國度，除了視野一新之外，也訴諸嗅覺。對這些陰性柔和的事物，也暗含著戀之遐想。

原野是清新的，在生機中呈現出自己，沒有什麼隱藏。謊言則是人為的，掩飾自己，沒有真實的呈現自己。連一株小草是無邪的，也是真誠的；無法承載任何重量，也沉醉在「溫軟的皓體的甜香」中。小草是青綠色，無所謂白體的甜香，除非詩人意指下段的一枝蒲公英，蒲公英頂端有白毛，如此呼應，不算牽強附會，但多少不自然。有時在詩人無意識中所坦露的，正是自個兒心底的欲望。他潛意識的欲望，正藉著比喻的聯想透露出來。皓體或是指戀人的身體，溫軟又帶有甜香，這種隱喻常以複義為工，雙重指涉，多種指涉，在眼前景中透露自個兒內心的幻想出來。

在沉沉的晚色中，疊字「溟溟」、「緩緩」又造成韻律感。「最後一個游女」正呼應前面的眾香國，她是可能的戀人，但卻不是真正的戀人。她惋嘆著原野之美，夜已深沉，所以她是最後一個人了。「我」呢，拈著一枝蒲公英，寄情於隨風飛散的白毛，戀情怕也隨風飄散了。寂寞的心境可想而知。

款步❶ 一

這裡是愛我們的蒼翠的松樹，
它曾經遮過你的羞澀和我的膽怯，
我們的這個同謀者是有一個好記心❷的，
現在，它還向我們說著舊話，但並不揶揄❸。

還有那多嘴的深草間的小溪，
我不知道它今天為什麼緘默：
我不看見它，或許它已換一條路走了，
饒舌著，施施然❹繞著小村而去了。

這邊是來做夏天的客人的閑花野草，
它們是穿著新裝，像在婚筵裡，
而且在微風裡對我們作有禮貌的禮敬，
好像我們就是新婚夫婦。

我的小戀人，今天我不對你說草木的戀愛，
卻讓我們的眼睛靜靜地說我們自己底，
而且我要用我的舌頭封住你的小嘴脣了，
如果你再說：我已聞到你的願望的氣味。

注釋

❶款步　緩緩地散步。
❷好記心　好記性。
❸揶揄　戲弄嘲笑。

❹施施然　喜悅自得的樣子。

賞析

把蒼翠的松樹擬人化，所以「愛我們」，大約我們常在松樹下散步，不直接說你我談情時，你是羞澀的，我是膽怯的，但說松樹曾經遮過你的羞澀和我的膽怯，顯得含蓄不露。松樹成了你我愛情的同謀者，它有好記性，記得你我在此談過戀愛。風吹松濤響，好像松樹仍在說著以前說的話，但也不會揶揄我們的濃情蜜意。

詩人有情，故看萬物皆有情。小溪也被擬人化的表現，小溪潺潺，多嘴而吵人。小溪在深草間，表示這裡的幽僻。今天它沉默不語，聽不到它潺潺的流水聲，故說它可能換了一條路走了。但仍繼續說小溪是饒舌多語的，而喜悅自得地繞著村子走了。談情說愛，需要周圍安靜，這段寫得活潑而生動。

時令是夏天，閑花野草也被擬人化。閑花新開，野草新綠，像是新婚夫婦，而且像是在婚宴裡慶祝一樣。它們也向我們致敬了，好像我們也是新婚夫婦。詩人以快樂甜蜜的心情，想像力活潑靈動，把幽靜的場景寫得熱鬧非凡。

最後用呼語法，直接面對眼前，不再迂迴談愛了，草木的戀愛與我們何關呢？還是談我們自己的戀愛吧！現在直接採取動作了，用舌頭封住你的小嘴脣。如果你再說些什麼，好像接吻也是你的願望呢！不過，「願望的氣味」稍空泛，缺乏具體的表現。

款步 二

答應我繞過這些木柵，
去坐在江邊的遊椅上。
嚙著沙岸的永遠的波浪，
總會從你投出著的素足[1]
撼動你抿緊的嘴脣的。
而這裡，鮮紅並寂靜得
與你底嘴脣一樣的楓林間，
雖然殘秋的風還未來到，
但我已經從你的緘默裡，
覺出了它的寒冷。

注釋

❶素足　白皙的腳。

賞析

「答應我」是呼語法，我與你的對話。「繞過這些木柵」雖是動作，好像另有一層涵義。木柵像是限制與阻礙，所以採取「繞」的動作。這動作稍有些迂緩無力，為什麼不直接「跨」過去呢？詩人設想你如果繞過去了，而坐在江邊的遊椅上，就會有動蕩的波浪起伏，把波浪擬人化，永遠「囓咬」著沙岸，如果你光著的腳投向波浪，波浪衝撞著你的腳，就會使你感動了，使你不再抿緊著嘴脣了。但抿緊的嘴脣是表示什麼呢？是生氣？是決心？總之是沉默不語。

你的嘴脣鮮紅並寂靜，周圍的楓林也鮮紅並寂靜。紅楓白浪，時序已是秋天。一個「殘」字，雖是說秋，也說明心境的殘落：抿緊的脣是帶著怒意的。殘秋的風還沒有來，但心境已寒。寫景寫心，莫不生動。

過時[1]

說我是一個在悵惜[2]著，
悵惜著好往日的少年吧，
我唱著我的嶄新的小曲，
而你卻揶揄：多麼「過時！」

是呀，過時了，我的「單戀女」
都已經變作婦人或是母親，
而我，我還可憐地年輕——
年輕？不吧，有點靠不住。

是呀，年輕是有點靠不住，
說我是有一點老了吧！
你只看我拿手杖的姿態
它會告訴你一切，而我的眼睛亦然。

老實說，我是一個年輕的老人了：
對於秋草秋風是太年輕了，
而對於春月春花卻又太老。

注　釋

❶過時　不是當前流行。
❷悵惜　悵惘珍惜。

賞析

詩人以第一人稱開筆，說自己悵惘珍惜美好的往日，不斷創製出新的詩篇，而朋友卻說現在已不時興這套了。

詩人說，是過時了，我所曾經單戀過的女人，都已經變作婦人或母親了，而自己卻還年輕。年輕，卻是可憐的，自己還沒有伴侶。說自己年輕，也靠不住，不能從實際年齡上看。

詩人再次強調：很難說自己年輕，從姿態來看，已拿著手杖；也戴著眼鏡，眼光昏茫。從外表上看，應該算有一點老。

「年輕的老人」是個矛盾辭，既年輕又年老。實際年齡是年輕的；從外表上看，有一點老；心境上卻已蒼老。後兩句是佳句，有深刻的感受。秋風秋草是萬物開始枯落的時節，自己實際年齡還沒那麼老。春月春花是萬物充滿盎然生意的時節，好像年輕人可以談談戀愛，而自己的心境又嫌太蒼老了。最後兩句均由兩個對比句組成，秋風秋草的「凋落」與年輕的對比，春月春花的「朝氣」與衰老的對比。這兩句也彼此矛盾，年輕與年老共存，構成複雜而深刻的情境。

微辭[1]

園子裡蝶褪[2]了粉蜂褪了黃，
則木葉下的安息是允許的吧，
然而好弄玩的女孩子是不肯休止的，
「你瞧我的眼睛，」她說，「它們恨你！」

女孩子有恨人的眼睛，我知道，
她還有不潔的指爪，
但是一點恬靜和一點懶是需要的，
只瞧那新葉下靜靜的蜂蝶。

魔道者使用曼陀羅❸根或是枸杞❹，
而人卻像花一般地順從時序，
夜來香❺嬌妍地開了一個整夜，
朝來送入溫室一時能重鮮嗎？

園子都已恬靜，
蜂蝶睡在新葉下，
遲遲的永晝中
無厭❻的女孩子也該休止。

注釋

❶微辭　不便直說的話，只微露意見。
❷褪　消失；脫落。
❸曼陀羅　一年生草本植物，葉卵形，花紫色。

❹枸杞　音ㄍㄡˇㄑㄧˇ。夏開淡紫花，果實紅色，可以入藥。
❺夜來香　多年生的蔓生草本植物，秋開微黃色花，夜晚時香氣特濃。
❻無厭　不滿足。

賞析

這首詩是對生活中的一些抱怨，藉詩表現出來。抱怨什麼呢？蝶褪了粉，蜂褪了黃，或是秋天時節，就在木葉下靜靜休息。表面寫自然，但抒情詩篇，多就眼前景，抒心底情。總有什麼東西消退了，「好弄玩的女孩子」沒有像蝶、蜂一樣靜靜休息，還說著：我的眼睛恨你。

詩再強調一次：我知道，「女孩子有恨人的眼睛」，但「她還有不潔的指爪」，顯然另有所指。字面上是指爪不乾淨，或者就是手腳不乾淨的比喻，是不是說她去勾搭了別人呢？詩人自己說服自己，即使如此，也不要再鬥口舌了吧！現在需要的是「一點恬靜和一點懶」，像蜂蝶一樣安靜。

魔道者使用曼陀羅根和枸杞來作藥，是不是恢復愛情的魔方呢？對比的是，人得像花一樣地順從時序，現在已不是花盛開的時節，即使像夜來香在夜裡開得如此嬌美，早上送到溫室裡也無法如夜裡「重鮮」。此段是詩人寬慰自己之辭，就是愛情因為時間的消逝，已失去了鮮活的魔力了。

「恬靜」重複兩次，另外還有「安息」、「靜靜的」，甚至蜂蝶的「睡」字，都表示自然的時序和昆蟲都已是如此了，人需要的也該是如此。「遲遲」表示慢慢的，好像這白日的爭吵永無止盡，致成「永晝」。他希望這不知滿足的女孩子，應該順從時序，也不要再爭吵了。

如猜得不錯，這就是戴望舒與穆麗娟婚姻生活的寫照。也可以看出，勉強得來的婚姻，造成的也是無休止的折磨與痛苦。戴望舒認為愛只是消退了，但她卻只有一個恨字。

妾薄命❶

一枝，兩枝，三枝，
床巾上的圖案花
為什麼不結果子啊！
過去了：春天，夏天，秋天。

明天夢已凝成了冰柱；
還會有溫煦的太陽嗎？
縱然有溫煦的太陽，跟著簷溜❷，
去尋墜夢的玎玲❸吧！

注釋

❶薄命　悲苦的命運。

❷簷溜　屋簷的水溜。

❸玎玲　狀聲詞。這裡指水滴落的聲音。

賞析

「一枝，兩枝，三枝」，是數花的過程，床巾上有三枝圖案花，在床巾上數圖案花，表示床巾上沒有男歡女愛，只能無聊的數數兒。既然是圖案花，當然不會結果子，不結果子也隱喻對婚姻的期待落空了。時間也是慢慢地過去，好像永無休止的折磨。

夢是婚姻的夢想，再也沒有熱力，故「凝成了冰柱」。「明天」是未來，當夢想凝成冰柱的時候，會不會還有溫暖的太陽呢？等到那時，即使有溫暖的太陽，夢也像順著屋簷的水溜滑走了，像簷滴墜落到地上，只剩下玎玲一聲。夢老早已消逝了。

這是對一位婚姻中的女性嘗受愛情無望的心境的描寫，在悲苦婚姻中的共感，使戴望舒也能夠體會到對方的心境。

贈內❶

空白的詩帖，
幸福的年歲；
因為我苦澀的詩節
只為災難樹里程碑。

即使清麗的詞華
也會消失它的光鮮，
恰如你鬢邊憔悴的花，
映著明媚的朱顏❷，
不如寂寂地過一世，

受著你光彩的薰沐❸，
一旦為後人說起時
但叫人說往昔某人最幸福。

注釋

❶贈內　說此詩是寫給內人的，內人即妻子。
❷朱顏　紅顏。
❸薰沐　用香料的煙來烘身體，像洗澡一樣。

賞析

「空白的詩帖」是說很少寫詩了，很少寫詩的時候，卻正是幸福的時候，而幸福時不需寫詩。詩人提出的說法，最能表現他一生的詩作，都因痛苦而寫。也因痛苦，才寫出「苦澀的詩節」，所以他的詩篇，好像為他一生的災難歷程，豎起一座座里程碑。這兩句是詩中的警句，也像戴望舒一生的寫照。

「憔悴的花」與「明媚的朱顏」是對比。這段首先把清麗的詞的光華，也會消失它的光鮮亮麗，比作你鬢邊憔悴的花，總結為是為了映照你明媚的紅顏。也因為你鬢邊花的憔悴，愈發見得紅顏的明媚。

不寫詩，就寂寂地過了一生，至少還被你美麗的光彩熏沐。那麼即使不寫詩了，至少後人還會說某人（指戴望舒）是最幸福的。為了婚姻的幸福，寧可不寫詩了；就像鬢邊花朵的憔悴，才能映照出你的豔麗，這是佳譬。

偶成❶

如果生命的春天重到，
古舊的凝水❷都嘩嘩地解凍，
那時我會再看見燦爛的微笑，
再聽見明朗的呼喚——這些迢遙的夢。

這些好東西都決不會消失，
因為一切好東西都永遠存在，
它們只是像冰一樣凝結，
而有一天會像花一樣重開。

注釋

❶偶成　偶然寫成。
❷凝水　水凝滯不動。

賞析

「如果」是設想的語氣，也是希望。春天到的時候，河上的凝冰都解凍了，成為嘩嘩的流水。「古舊」指昔日，詩人把自然過程借代為主觀的記憶，好像記憶就像那些凝結不動的水。「凝水」是隱喻，詩並沒有順著隱喻展開，只能知道它對比著「燦爛的微笑，明朗的呼喚」，這些已然消逝的，遙遠的夢。畢竟已遙遠了。

這些是「好東西」，美事永存，只是暫時像冰一樣凝結了，但到春天的時候，會像花一樣開放。「冰」的凝結與「花」的開放是對比的意象。而花的開放，又對照著「燦爛的微笑，明朗的呼喚」，這就是在記憶中消逝的，遙遠的夢——一個記憶中的女人。這希望成為詩人的永憶。

輯・二【我的素描】

對於天的懷鄉病

懷鄉病，懷鄉病，
這或許是一切
有一張有些憂鬱的臉，
一顆悲哀的心，
而且老是緘默著，
還抽著一枝煙斗的
人們的生涯吧。

懷鄉病，哦，我啊，
我也許是這類人之一吧：

我呢，我渴望著回返
到那個天，到那個如此青的天，
在那裡我可以生活又死滅，
像在母親的懷裡，
一個孩子歡笑又啼泣。

我啊，我是一個懷鄉病者：
對於天的，對於那如此青的天的；
那裡，我是可以安憩地睡眠，
沒有半邊頭風❶，沒有不眠之夜，
沒有心的一切的煩惱，
這心，它，已不是屬於我的，
而有人已把它拋棄了
像人們拋棄了敝舄❷一樣。

注釋

❶頭風　神經性頭痛。
❷敝舄　猶言破鞋。舄，音ㄒㄧˋ。鞋子。

賞析

懷鄉病重複了兩次，除了強調，也有韻律感。對於他，懷鄉病就是一切，就代表懷鄉病的重要性。懷鄉病是在家鄉「之外」，心靈上把歸鄉或還鄉視為夢想的完成，家鄉則是夢想的依託或慰藉。由於在家鄉之外，與家鄉分開，在空間上有距離，所以說在外表的形貌上是憂鬱的，在深沉的內心中也感受到悲哀，他並沒有跨越空間的距離。深沉的鄉愁，很難以用語言加以說明，故而沉默。抽著一枝煙斗，或是代表排遣悲懷的習慣吧！從外表到心理，從語言到生活習慣，或許這一類人有懷鄉病，這只是詩人的含蓄，為下段作引子。

也只有在家鄉「之外」，才引發詩人的夢想和希望。或許在空間的距離之外，才引發心靈上的哀愁。詩人並不把夢想寄託在平面上現實的家鄉，而是向上去夢想——「那個天，到那個如此青的天」。青色作為戴望舒主要心靈象徵的顏色，把心靈夢想寄託在高處，好像心靈在那裡可以得著平靜。只要心靈得到平靜，由生到死，就像孩子回到母親的懷抱，家鄉——母親成為構想上同一的色調，像孩子歡笑又啼泣，回復到孩童般的天真。

只有回歸到如此的心境，才可以安憩的睡眠，也沒有神經性頭痛，也沒有失眠，因為心沒有煩惱。詩人把孩童般的天真，視為心靈的高處，把夢想寄託在如此青的天上，歸鄉只是回歸平靜。但在現實上，沒有平靜，心總是煩惱，這樣的心已不屬於他的。但詩人視孩童般天真的心是一種真誠的夢想，而且珍貴；但一般人把它拋棄了，毫不在乎，像破鞋一樣丟掉。這或許就是詩人異於常人之處，他有一個真誠的夢想和希望，只有在那裡才得到真正的平靜。

我的素描

遼遠的國土的懷念者，
我，我是寂寞的生物。

假如把我自己描畫出來，
那是一幅單純的靜物寫生。

我是青春和衰老的集合體，
我有健康的身體和病的心。

在朋友間我有爽直的聲名，

在戀愛上我是一個低能兒。

因為當一個少女開始愛我的時候，
我先就要慄然❶地惶恐。

我怕著溫存的眼睛，
像怕初春青空的朝陽。

我是高大的，我有光輝的眼；
我用爽朗的聲音恣意談笑。

但在悒鬱的時候，我是沉默的，
悒鬱著，用我二十四歲的整個的心。

注釋

❶慄然　恐懼的樣子。

賞析

「遼遠的國土」是空間的距離，懷念這遙遠的空間，也因為失去這遙遠的空間，無法打破這時間的距離，詩人說自己是「寂寞的生物」。詩人的寂寞，不是因缺乏朋友，而是把夢想寄託在這遙遠的空間中，它具有象徵意味。

題名是「我的素描」，藉著美術的基礎——素描來刻畫自己時，素描常以靜物寫生開始，來描繪事物的靜止形態。雖說是「單純的」，但詩人的內在生命是否如此單純呢？

「青春和衰老」同時在一句中表現，這稱為矛盾詞，青春和衰老怎麼可能同時存在呢？青春指的是健康的身體，衰老指的是病的心。兩者的對比，在詩中產生了張力。

這種對比，繼續指向「爽直」與「低能」。在朋友的關係上，豪爽直快，表現出青春的氣息；不會處理戀愛的關係，自嘲自己是低能的，也就因為愛情的失敗，帶來衰老的氣息。

張力逐漸將重心指向戀愛，解釋自己的低能。當少女開始愛他的時候，不是勇敢地去愛她，而是「惶恐」。這種惶恐是對愛著他的少女的害怕，害怕是有對象的。因為少女那種溫存的眼睛，像「青空的朝陽」。青空的朝陽不是很好嗎？這就要說到「青」字的顏色的象徵。青代表愛與死，是詩人夢想的王國，是金色的希望與紫色的哭泣所合成，青色是夢想，也觸及詩人心靈的創傷。

在朋友的關係上，形象上是高大而眼神帶有光輝，熱情而爽朗，可以恣意談笑。但在戀愛關係上，他是悒鬱的，爽朗與悒鬱對比；他又是沉默的，恣意談笑的健談風趣又與沉默對比。他自嘲的低能，就在這種心靈的創傷中。

他「二十四歲的整個的心」，都指向這心靈的創傷，故而「悒鬱著」，把形容詞當作動詞來使用，也可以說是進行式。這首詩的寫成如果依詩人所說，是二十四歲，可見戴望舒詩的白話風格在二十四歲已相當洗練成熟了。

我底記憶

我底記憶是忠實於我的，
忠實甚於我最好的友人。

它生存在燃著的煙捲上，
它生存在繪著百合花❶的筆桿上，
它生存在破舊的粉盒上，
它生存在頹垣❷的木莓❸上，
它生存在喝了一半的酒瓶上，
在撕碎的往日的詩稿上，在壓乾的花片上，
在淒暗的燈上，在平靜的水上，

在一切有靈魂沒有靈魂的東西上，
它在到處生存著，像我在這世界一樣。

它是膽小的，它怕著人們的喧囂，
但在寂寥時，它便對我來作密切的拜訪。

它的聲音是低微的，
但是它的話卻很長，很長，
很長，很瑣碎，而且永遠不肯休：
它的話是古舊的，老講著同樣的故事，
它的音調是和諧的，老唱著同樣的曲子；
有時它還模仿著愛嬌的少女的聲音，
它的聲音是沒有氣力的，
而且還夾著眼淚，夾著太息。

它的拜訪是沒有一定的，

在任何時間，在任何地點，
時常當我已上床，朦朧地想睡了；
或是選一個大清早，
人們會說它沒有禮貌，
但是我們是老朋友。

它是瑣瑣地永遠不肯休止的，
除非我淒淒地哭了，
或是沉沉地睡了，
但是我永遠不討厭它，
因為它是忠實於我的。

注釋

❶百合花　夏日開花，六瓣，直徑約六公分，色黃帶綠。

❷頹垣　敗壞的低牆。
❸木莓　同「木莓」、「山莓」。即懸鉤子，薔薇科，初夏開花，五瓣，色白，果實為肉果，色紅，由多數之小核果合成，可食。

賞析

將「我底記憶」擬人化，好像是一個在我「以外」的人，他對我忠實，甚至比最好的友人還忠實，因為它畢竟是我的。

詩人以列舉一些特殊的名詞意象的方式，來說明我的記憶「生存」的時空。「燃著的煙捲」是現在進行式，煙絲繚繞的動感。筆桿繪著百合花，賦予了美麗開放的形象，其實可以聯想起詩人振筆疾書的情形，藉著記憶開始寫作。以後名詞的列舉，可以代替記憶的進行與跳躍。「粉盒」是女子化妝之用具，但已破舊，帶著時間古舊的痕跡；低牆敗壞後也生出了山莓花。這是對往日情懷的記憶。酒喝了一半，還要繼續喝，要藉酒澆愁嗎？在往日的詩稿上仍有殘存的記憶，撕碎詩稿，記憶仍在。壓乾的花片，時間瞬間凝固，凍結的記憶，花的生命已不再，似乎又長久保存。花樣的女人或愛情。燈光不那麼亮，有暗淡的成分。平靜的心情面對往日，水的意象，多半象徵死寂的成分。這些物象，不論是詩稿或寫作的有靈魂的，或朽壞的牆，燈、粉盒等沒有靈魂的，構成了記憶所「居住」或「生存」的世界。

詩人把記憶擬人化得很徹底，甚至人格化。膽小，怕吵雜，寂寞時常來拜訪，聲音低微，話卻長而瑣碎。詩人的記憶總是「愛嬌的少女」，一當回憶起來，就是眼淚和嘆息。

記憶像一個老朋友般拜訪，不擇時間和地點，忽然襲來，睡前醒後，可見詩人縈繞著對某事的記憶。除非哭了睡了，記憶不會休止，詩人之多情可見。其實更進一步，淒淒地哭是被記憶所引發的，深刻的記憶還要再湧入夢中，這兩句可改成：「甚至當我淒淒地哭了，或是沉沉地睡了，它仍像幽靈般地來到」。

這首詩用日常生活化口語，散文化式地列舉特殊物象，但也是受到詩人強調的物象，哲學家柏格森 (Henry Bergson, 1859–1941) 說：「意識是生命的關注。」列舉的物象就是關注的所在。在很大的程度上，日常生活化的口語和詩的散文化，顯示了自由體的新詩在解放了古詩定式成規的好處，展示了白話詩洗練的風格，只有在戴望舒身上才能達到成熟穩定的聲音。可以說，三、四十年代的詩只有在這基礎上才有可能繼續前進。稍稍挑剔一點的話，三、四、五段稍有些鋪敘過度，好像發現了白話的長處，任其奔放，不夠收束凝鍊。

小病

從竹簾裡漏進來的泥土的香
在淺春的風裡它幾乎凝住了；
小病的人嘴裡感到了萵苣❶的脆嫩，
於是遂有了家鄉小園的神往。

小園裡陽光是常在蕓薹❷的花上吧，
細風是常在細腰蜂的翅上吧，
病人吃的萊菔❸的葉子許被蟲蛀了，
而雨後的韮菜❹卻許已有甜味的嫩芽了。

現在，我是害怕那使我脫髮的饕餮❺了，
就是那滑膩的海鰻般美味的小食也得齋戒❻，
因為小病的身子在淺春的風裡是輭弱的，
況且我又神往於家園陽光下的萵苣。

注釋

❶萵苣　菊科，莖葉供食用，有千金菜等名。
❷蕓薹　音ㄩㄣˊ ㄊㄞˊ。葉大，色濃綠，三、四月間開花，花黃綠色，又名油菜，嫩葉可食。
❸萊菔　即蘿蔔。
❹韮菜　百合科，葉細長而扁，叢生，根莖葉俱供食用。韮，音ㄐㄧㄡˇ。「韭」的俗字。
❺饕餮　音ㄊㄠ ㄊㄧㄝˋ。貪飲食美味的人。
❻齋戒　在佛家來說，齋是過午不食，世人以素食為齋，故戒食肉。

賞　析

首先訴諸嗅覺，動詞「漏」字用得傳神，好像泥土的香自竹簾中一絲絲滲漏進來。時節是初春乍始，香味在風中凝住不動，引起了嗅覺。這是小病的人的感受，由泥土的香聯想到萵苣的脆嫩，神往於家鄉小園的家常小菜了。

在聯想中產生空間的位移，陽光照在油菜黃綠的花上，更顯鮮豔。細風是把風形象化為纖細的微風，要使不可見的風，形象化為可見的視覺，故說在「細腰蜂的翅」上。蜂是頭大腹大腰細，兩頭大中間細，使微風的觸覺形象化為纖細的感覺，翅會飛舞振動，而且透明。細風在陽光下也是感覺到透明的樣子。此句是神來之筆，精確地描繪了物象在感受中的狀態。兩個「常」字都點出家鄉小園的風味。葉子被蟲蛀，表示詩人在生活中的觀察。為什麼不用油菜和蘿蔔的俗名，而用「蕓薹」和「萊菔」這麼生澀的名字呢？包含萵苣和韭菜這些特殊名詞，一方面是生活的具體關注，有生活的痕跡；二方面是陌生化作用，可玩味其字質，使讀者暫時停留在這些字上去聯想其形態、感受，防止白話的流散；三方面也可作音調上的選擇。從視覺觸覺嗅覺，詩人都回歸到「脆嫩」和「甜味」的味覺。

在小病中，害怕那對飲食的貪欲，葷腥的魚肉會使他脫髮，也得禁絕海鰻般美味的小食。這些特殊名詞如「海鰻」都喚起具體的感受。詩人又重複「小病」與「淺春的風」，與前面第一段呼應。因為軟弱，又神往那些家常小菜，加強了小病的身子無法承受過度的葷腥與油膩的理由。

這首詩從具體的感受出發，情景生動活潑。尤其小病時是與日常感覺有差異的，跳出了日常的慣性感覺，使這些特殊物象都在特別的感覺中活躍起來。

獨自的時候

房裡曾充滿過清朗的笑聲，
正如花園裡充滿過百合或素馨❶，
人在滿積著夢的灰塵中抽煙，
沉想著凋殘了的音樂。

在心頭飄來飄去的是什麼啊，
像白雲一樣地無定，像白雲一樣地沉鬱？
而且要對它說話也是徒然的，
正如人徒然向白雲說話一樣。

幽暗的房裡耀著的只有光澤的木器，
獨語著的煙斗也黯然緘默，
人在塵霧的空間描摩❷著白潤的裸體
和燒著人的火一樣的眼睛。

為自己悲哀和為別人悲哀是同樣的事，
雖然自己的夢是和別人的不同，
但是我知道今天我是流過眼淚，
而從外邊，寂靜是悄悄地進來。

注釋

❶素馨　柔弱如蔓，秋初開白花，香味濃，可製香水。
❷描摩　為描摹之誤，模擬形象以描寫。

賞析

「曾充滿過」是往昔，房裡往昔有歡愉的笑聲，正如花園有百合、素馨等的鮮花，在聲音和形象上都是濃烈的。這個比喻「正如」，把聲音轉到形象上。夢是對往昔的記憶，現在笑聲不再，無人清理，房裡是遍布塵埃。抽煙是戴望舒的習慣，他在這裡抽煙，深深地想著笑聲，笑聲如音樂，像花一般凋殘，不再響起。笑聲通過夢，變成音樂。

「房裡」對「心頭」，「煙霧」對「白雲」。心頭有事，心事縈繞，忽然而起，是「無定」的，不是按照日常工作那樣預定的計畫，像白雲飄忽不定。把白雲比擬為沉鬱，也是心頭的感受。往事已成追憶，「對它說話」也無法改變既定的事實，有徒然成空的遺憾。

房間光色幽暗，只有木器製品還有光澤。古代詩人善於從眼前景——自然，抒心底情。自由體詩在解放格式後，字數不受限制，戴望舒也善於自身邊的物象，來抒發心底的愁懷。把煙斗擬人化，煙霧升騰好像獨語的形態，為什麼獨語又「黯然緘默」呢？語與默是兩種不相同的對立狀態。獨語可能針對煙霧的形態，至於緘默可能針對第二段的對白雲說話，而作一種無語的對照，煙斗並不能真正說話。在灰塵與煙霧的空間，由第一段的灰塵與抽煙，第二段的白雲，總結為塵霧與白潤的裸體。白潤的裸體是像白雲一樣，白雲是心頭飄來飄去的心事，白潤的裸體是心底飄起的形象。夢中所洩露的潛意識欲望，無非是真實的夢想。這難道只是性幻想嗎？這白潤的裸體還有火一樣的眼睛，那是熱情，記憶中的傷痛彷彿能燒著人。

悲哀是普世的，夢帶來悲哀，夢卻有差異性。為了這樣的悲哀，今天他流過了淚，但回應他的只是四周的靜寂。寂靜也擬人化，進入了心裡。

白潤的裸體與火一樣的眼睛，構成了詩人永遠的憶念。「燒著人」是他夢裡沉沉的哀痛。

秋

再過幾日秋天是要來了，
默坐著，抽著陶製的煙斗
我已隱隱聽見它的歌吹
從江水的船帆上。

它是在奏著管絃樂❶：
這個使我想起做過的好夢；
我從前認它為好友是錯了，
因為它帶了煩憂來給我。

林間的獵角❷聲是好聽的，
在死葉上的漫步也是樂事，
但是，獨身漢的心地我是很清楚的，
今天，我沒有這閑雅的興致。

我對它沒有愛也沒有恐懼，
你知道它所帶來的東西的重量，
我是微笑著，安坐在我的窗前，
當飄風帶著恐嚇的口氣來說：
　秋天來了，望舒先生！

注釋

❶管絃樂　含管樂：木管和銅管，絃樂：提琴。如為樂隊，尚包含打擊樂，甚至加用鋼琴、豎琴及民族樂器等。

❷獵角　狩獵時的吹器。

賞析

秋天來了，「我」沉默地坐著，抽著煙斗，戴望舒喜用特殊的質感，煙斗是「陶製」的。無論木製或陶製，總是使用較原始的材料。秋天可以訴諸於聲音，一般說秋風蕭瑟，所以聽見它的歌吹。戴望舒卻從可見的形象——江水的船帆，引出了可聽的秋歌。

把秋天擬人化，「奏著管絃樂」，秋天在自然界引發了各種的聲響，使「我」想起做過的好夢。但好夢由來最易醒，為什麼認秋天為好友是錯的？有夢就會夢醒，夢也是沉沉地悲哀。

林間有獵角的聲音，有聽覺的享受。林間漫步於落葉上，也顯得悠閒，也是快樂的事。獨身漢就是孤獨一人，孤獨的心境是悲哀的，所以沒有悠閒的雅致。

秋總是要來，此時心情帶著平靜。平靜中，能面對秋天「所帶來的東西的重量」。秋天帶來什麼有重量的東西呢？無非是記憶而已。記憶的重量是夢，夢又帶來死亡的感受，那是「死葉」所象徵的。把秋天擬人化為一個對象，不是愛也不是恐懼，終究要平靜地面對你的命運。他只有微笑著接受他的命運，「安坐」在窗前（寫作）。飄風是飄忽無定的，擬人化為恐嚇的口氣，詩人以揶揄的口氣面對「秋天來了，望舒先生」這樣的恐嚇。能微笑地面對命運，才能揶揄自己的命運，記憶的重量也就稍稍減輕了。心情的轉折，由第二段的煩憂，到末段的微笑。

旅思

故鄉蘆花❶開的時候，
旅人的鞋跟染著征泥，
黏住了鞋跟，黏住了心的征泥，
幾時經可愛的手拂拭？

棧石星飯❷的歲月，
驟山驟水的行程：
只有寂靜中的促織❸聲，
給旅人嘗一點家鄉的風味。

注釋

❶蘆花　一名葦，生於濕地或淺水中，葉細長而尖，花後結食，有白毛可散布。萌芽似竹筍而小，俗稱蘆筍。

❷星飯　見星始進食，比喻日夕辛勞。

❸促織　蟋蟀。蟋蟀叫時是天涼時節，有如催促婦人織衣。

賞析

蘆花開時，已是秋天。旅人與故鄉隔開空間的距離，鞋沾著了征泥，離鄉為事業打拼有如征戰。沾染，就是接觸而黏附，路上的泥漿黏住了鞋跟，也黏住了心，這征泥什麼時候會有「可愛的手」來拂拭呢？旅遊在外，念著的還是這雙可愛的手。

在異鄉，棧道與山石的奔塵，日夕忙碌辛勞，在星光下進食，在飛疾的速度中忽山忽水的行程。在寂靜中偶然聽到蟋蟀的叫聲，引起了鄉思，在家鄉時的秋天，蟋蟀也是這樣地叫著。

這首詩有情境上的對比，故鄉對比著旅人，蘆花開時，鞋跟卻染著了征泥。征泥不僅染上了鞋跟，也黏住了心。心念的是一雙可愛的手。

然後敘述那些快速與飄忽的奔塵，時間匆匆，行程飄忽，偶起的蟋蟀叫聲，又忽而憶起了家鄉。

戴望舒在洗練的白話語調中，時用一兩個非日常語調的意象，例如「星飯」，即使是特殊名詞意象也常用別稱來變換，例如「促織」，這些意象像是螺絲，能夠把散文化的流散給擰緊，是擰緊的螺絲帽。〈旅思〉這首小詩，無疑還是迴盪著一種情境，不僅是鄉思，還是相思。那雙「可愛的手」就是家鄉的風味。

少年行

是簪花的老人呢，
灰暗的籬笆披著蔦蘿❶；

舊曲在顫動的枝葉間死了，
新蛻❷的蟬用單調的生命賡續❸。

結客尋歡都成了後悔，
還要學少年的行蹊❹嗎？

平靜的天，平靜的陽光下，

爛熟的菓子平靜地落下來了。

注釋

❶蔦蘿　一年生蔓生的草本植物。莖細長，卷附他物。開筒狀小花，色紅或白。
❷蛻　脫皮。
❸賡續　繼續的意思。賡，音ㄍㄥ。
❹行蹊　猶言行徑。

賞析

第一段是倒裝句，富於形象化的表現。眼前景是「灰暗的籬笆披著蔦蘿」，由色調的灰暗轉到時間的衰老，形象有如插著花的老人。倒裝是強調「老人」，老人頭插著花，裝著青春的味道，為呼應題名：少年行。雖是少年行，但是老去的心態。

舊曲是記憶的音樂，即使枝葉仍抽出新葉，但已死去。老人面對著記憶，知道一切成空，再回首已是惘然。生命仍將繼續下去，時間仍將變化，生命也仍將變化，就像蟬脫去了一層皮，但此後將是單調的生命。新和單調是一對比，生命雖在轉化，但此後的生命將無所展望。

老去所轉化的心境是後悔。後悔的是少年時的「結客尋歡」。為了避免單調，像少年一樣，到處尋歡，也尋不到真心的安慰。那麼還學少年的行徑嗎？豈非要承受更多的後悔。少年時的激情，成為老時的後悔。

平靜的心態去面對往事，世界彷彿也平靜下來，以更成熟的心態去應付。老年的心境像一個「爛熟的菓子」，菓子成熟可以採摘，但爛熟時落下，在形容詞「爛熟」裡，在動詞「落下」中，都折射著後悔的心境。

這首詩含藏的生命體驗極其深刻，情感深刻的時候，蘊含著哲理的契機。平靜的心境總是有所悟，悟到的就是不要任由一時的激情，去做會後悔的事。戴望舒有悟的心境，哲理並未展開。

老之將至

我怕自己將慢慢地慢慢地老去，
隨著那遲遲寂寂的時間，
而那每一個遲遲寂寂的時間，
是將重重地載著無量的悵惜❶的。

而在我堅而冷的圈椅❷中，在日暮，
我將看見，在我昏花的眼前
飄過那些模糊的暗淡的影子：
一片嬌柔的微笑，一隻纖纖的手，
幾雙燃著火燄的眼睛，

或是幾點耀著珠光的眼淚。

是的，我將記不清楚了：
在我耳邊低聲輭語著
「在最適當的地方放你的嘴脣」的，
是那櫻花一般的櫻子嗎？
那是茹麗萏❸嗎，飄著懶倦的眼
望著她已卸了的錦緞的鞋子？……
這些，我將都記不清楚了，
因為我老了。

我說，我是擔憂著怕老去，
怕這些記憶彫殘❹了，
一片一片地。像花一樣，
只留著垂枯的枝條，孤獨地。

注釋

❶悵惜　失意惋惜。
❷圈椅　椅子形狀如圈。
❸茹麗茖　茹為姓。茖，音ㄉㄢˋ。荷花。名應為假託，雖有茹姓，意為如，則此人名意即「如美麗的荷花」之意。則櫻子也是假託的人名。
❹彫殘　同「凋殘」。凋謝枯萎。

賞析

「怕」是心理上的害怕，害怕時間的消逝。兩個疊字「慢慢」更強調緩慢的感覺，時間是緩慢緩慢的消逝，而自己也將老去。時間消逝得如此遲緩，如此寂寞。疊字後又再疊句「遲遲寂寂的時間」，重複為了強調，強調之後這種感覺就不致流散。由遲遲到寂寂，是由時間的消逝到心理的感覺。然後強調承載著沉重的感覺，那是難以衡量的失意和惋惜。

圈椅的堅硬和冰冷都相應於老去的感覺，在黃昏的時間，也像人老去的時間。老去時，眼睛也昏花了，朦朧中「飄」過的影子，是憶念的影子；由於時間已久遠，影子已模糊暗淡了。詩人所悵惜的，是女子嬌柔的微笑，是情態，一隻纖纖的手是憐惜的感覺。這都是修辭上的舉隅法，只舉出局部來代表對全體的描述。幾雙眼睛是憶念中的幾個女子。在熱情中，像「燃著火燄」；在傷心中，流著眼淚，眼淚也珍貴得如寶珠的光芒。

也許老去將記不清楚，在耳邊低語親暱的情話的，到底是櫻子還是茹麗萏？櫻子像櫻花一樣美，茹麗萏像荷花一樣美。這兩位女子都有花的名字，呈現出花的特性。茹麗萏也像荷花一樣懶倦地，看著自己脫掉的錦緞的鞋子。用錦緞來表示鞋子的質感，鞋子有具體而特殊的感覺。記不清楚，是因老去的關係。

怕因老去而記憶模糊，是因這些記憶是珍貴的，不願意它們像花一樣地凋殘萎落，一片一片凋謝了，像時間遲緩地消逝。而自己老去如同孤獨的枯枝，沒有花的陪伴。可見詩人多麼珍惜這些記憶。

這首詩在可見的物象上，只有堅而冷的圈椅和日暮，是一種單調的情景。其他都是在憶念中出現，是女子模糊的影像；局部卻纖纖可見，例如她的微笑的神情和手的姿態，更越來越清晰，尤其是「火啖的眼睛」。憶念中出現的，兩位如花的女子，更有不同的特性，連同女子的隨身物「錦緞的鞋子」。脫除鞋子，暗示著親密的關係，更增加悵惜之感。詩人懷念珍惜與這些女子相處的關係，正如怕記憶也隨著時間模糊消逝，自己如花瓣凋落的枯枝，孤獨寂寞。比喻相當貼切。

夜行者

這裡他來了：夜行者！
冷清清的街上有沉著的跫音❶，
從黑茫茫的霧，
到黑茫茫的霧。

夜的最熟稔❷的朋友，
他知道它的一切瑣碎，
那麼熟稔，在它的薰陶中
他染了它一切最古怪的脾氣。

夜行者是最古怪的人。
你看他走在黑夜裡：
戴著黑色的氈帽❸，
邁著夜一樣靜的步子。

注釋

❶跫音　足音。
❷熟稔　熟悉。
❸氈帽　用粗毛製成的帽。

賞析

夜行者，走在冷冷清清的街上，只有獨自一人，但他的足音是沉著的，他的起點與終點俱是黑茫茫的霧，一人走在黑茫茫中。

把「夜」擬人化，夜行者成了夜的朋友。他知道夜的一切，甚至是瑣碎的東西。「瑣碎」兩字稍空泛，並未具體地訴諸意象。由於與夜的熟悉，受到它的薰陶，也染上了夜的脾氣。為什麼是「最古怪的」脾氣？夜是黑茫茫的，冷清清的街上無人行走，沒有人走入那黑茫茫之中。

那麼夜行者也是最古怪的人，他走在黑夜裡，連帽子也是像夜一樣黑色的粗毛帽，步伐也像夜一樣的靜。他可說是黑夜的化身了，他像黑夜一樣古怪，沒有人了解他。

寂寞

園中野草漸離離❶，
托根於我舊時的腳印，
給它們披青春的綵衣；
星下的盤桓❷從茲消隱。

日子過去，寂寞永存，
寄魂於離離的野草，
像那些可憐的靈魂，
長得如我一般高。

我今不復到園中去，
寂寞已如我一般高；
我夜坐聽風，晝眠聽雨，
悟得月如何缺，天如何老。

注釋

❶離離　茂盛繁多的樣子。
❷盤桓　流連。

賞析

以前常常在園裡流連，在那些腳印上，野草漸漸托根生長，如此青翠；好像是舊時的腳印，才使得它們披上了青春的彩衣。為什麼會生出野草呢？因為已不在星光下散步了。

詩人改變了習慣，是因為情感上有新的感悟。日子過去，而寂寞永遠存在，即使散步也無法排遣。就把寂寞一如自己的夢魂，寄託在茂密的野草上，野草也就成為一些可憐的靈魂，長得像自己一樣的高度。野草能長這麼高，表示「舊時」已是相當久遠了，許久已不再散步。

詩人再強調，我現在已不到園裡去了，野草直接就是寂寞。自己寂寞的心情，像茂密的野草一樣有了高度。後兩句是佳句。晚上坐在那裡聽風，夜裡無眠，聽風彷彿訴說心事。白天睡覺聽雨，表示晝也難眠，才能聽到雨聲淅瀝，心事未已。在這種追憶逝水年華的感受中，終於悟得月亮如何會殘缺，天如何會衰老。此詩雖未說出為何寂寞，但對人生深沉的悲感躍然紙上，「月如何缺，天如何老」寫的雖是大自然，殘缺與衰老卻是他歷盡人生的沉哀，也使寂寞有了形象上的高度，如野草一樣可見。

輯・三【白蝴蝶】

我思想[1]

我思想，故我是蝴蝶……
萬年後小花的輕呼，
透過無夢無醒的雲霧，
來振撼我斑斕的彩翼。

注釋

[1] 我思想　改自法國哲學家笛卡爾的名句：「我思，故我在。」

賞析

第一句是佳句，靈氣洋溢。改鑄笛卡爾的名句為「我思想，故我是蝴蝶……」如果順著蝴蝶的意象進一步展示為何「我思想」會「故我是蝴蝶」，即蝴蝶式的存在能展現思想中的什麼特質，會更佳。

可惜在這個佳句之後，詩人無力再去思想了，致缺乏思想的深度，無力表現如「莊周夢蝶」式的哲學演示。此後三句只有意象的演示，但詩意模糊。蝴蝶在花間徘徊，如果花因蝴蝶而存在，小花為蝴蝶輕呼是可以了解的，「萬年」表示小花直到萬年後仍記憶著我。但既是「輕呼」，如何可以透過雲霧，又如何可以「振撼」？如是誇張句法，則前面的蝴蝶，只能引起小花輕呼，力道也不夠強。蝴蝶可以有斑斕的羽翼，但「無夢無醒的雲霧」也很模糊，要表達永恆，意味不夠確切。如果我作為蝴蝶是永恆的，萬年後小花仍應至少「驚呼」，不是「輕呼」，才能顯出蝴蝶斑斕彩翼的影響力。後面動詞也不應用「振撼」，至多用「呼喚」或「讚嘆」。第三句如表現永恆，第二句有「萬年」一詞已足夠。故似可改為：

我思想，故我是蝴蝶……

萬年後小花的驚呼，
來讚嘆我斑斕的彩翼。

這樣，句法就簡潔俐落。但仍是太過小巧，足證明此時期寫詩有心而無力，只是靈光一閃而已。有一種音調浮現就草成，駕御文字已無力了，更無力推展。

白蝴蝶

給什麼智慧給我，
小小的白蝴蝶，
翻開了空白之頁，
合上了空白之頁？

翻開的書頁：
寂寞；
合上的書頁：
寂寞。

賞析

這一首小詩富於機智趣味。

起先好像是問白蝴蝶，能給什麼智慧給我呢？隨後「翻開了空白之頁／合上了空白之頁」，翻開與合上的動作像白蝴蝶翅膀一上一下飛舞的樣子，空白之頁就像白蝴蝶的翅膀了。第一段前兩行與後兩行採並置手法，並沒有交代任何邏輯關係。分開看，是兩種獨立的意象——白蝴蝶與空白之頁；合起看，或因並列而自然產生類似的聯想，白蝴蝶的飛舞就是翻開與合上的空白之頁。

如果認真追問書頁為什麼是空白之頁，就破壞了聯想的趣味。空白卻顯然呼應第二段的寂寞。

第二段又重複翻開與合上的動作，重複代表強調，翻開與合上的動作一直不停，是不是因為寂寞的關係，才使翻開的書頁成為空白之頁呢？又產生了聯想。腦中好像一片空白，才使書頁成為空白的吧！

要求智慧，得到的卻是空白之頁，這是一種反諷的對比。而如果是並立的關係，書頁上的文字只能教導知識，無法達到智慧，這時空白與智慧的並立就有一種禪機，蝴蝶更使生機洋溢。第一段要求智慧，白蝴蝶輕快飛舞；第二段重複兩次寂寞，使寂寞顯得沉重。

蕭紅[1]墓畔口占[2]

走六小時寂寞的長途，
到你頭邊放一束紅山茶，
我等待著，長夜漫漫，
你卻臥聽著海濤閒話。

注釋

❶蕭紅　（一九一一—一九四二年）著名女小說家。一生極為悲苦。著有《生死場》、《呼蘭河傳》等書。

❷口占　口授，心中先隱有其辭，再口授書之。

賞析

這首詩也富於機智的趣味，短詩尤重字與字的連綿呼應。

走六小時，一路上無人陪伴，當然寂寞，也是長途。到蕭紅墓畔，卻說「到你頭邊」，地上與地下的生死契闊，一下子轉成親密的距離。蕭紅帶個紅字，與紅色有關，放一束紅山茶花也相應。我等待著，等待那麼久，居然長夜漫漫都在等待；由六小時的步行到長夜漫漫的等待，時間相當冗長，可見耐心。

等待什麼呢？長時間的走與等待，看似情緒上已有點不耐煩，最後一行的「卻」字使這些耐心都落了個空，也有點埋怨的意思。是不是埋怨你不坐起來跟我聊天，卻「臥」在那裡聽海濤，把海濤擬人化，好像跟海濤閒話一樣。些微的一點埋怨，才見得生死交情。反而轉成：你為什麼不活著，害我空聽了一夜的海濤聲。

這首詩，詩短而靈動，你與我之間沒有墳墓的阻隔，好似仍在親密對話的狀態。

深閉的園子

五月的園子
已花繁葉滿了，
濃蔭裡卻靜無鳥喧。

小徑已鋪滿苔蘚，
而籬門的鎖也鏽了——
主人卻在迢遙的太陽下。

在迢遙的太陽下，
也有璀璨❶的園林嗎？

陌生人在籬邊探首，
空想著天外的主人。

注釋

❶璀璨　玉的光，光芒耀眼。

賞析

五月是盛夏，園子裡是盎然綠意，花繁葉滿是花葉茂盛。為了加強在聲音上是靜寂的感覺，說園子裡靜無鳥喧，沒有任何鳥叫的聲音，也可能是陽光太過劇烈炙熱。濃蔭在形象上是濃濃的樹蔭，無鳥喧在聲音上是寂寂的，此二句在字義上是對比。對比常為了彰顯在對立中的一方。此處為強調靜寂，在字義上呼應「深閉」。

小徑鋪滿苔蘚，表示杳無人蹤，籬門的鎖也因無人開關而鏽蝕，如此充滿生意的園子反襯出無人的靜寂。迢遙是空間的距離，主人不在自家的園子裡卻在遠方。

第三段用反問句，在遠方的太陽下，也有這樣如玉般發出光亮的園林嗎？當然是為了某些原因離開家門，棄園子而不顧。但園子裡充滿盎然的生意，又何必遠離園子去尋求其他可能呢？

陌生人在籬邊探頭張望籬內園子的花樹。「天外」仍指遙遠的空間距離，陌生人「空想」著是因為對事實的狀況茫然，不知道主人為何離開。這當然是情境的對比，在籬內的茂密生意，和主人為了事業或其他原因奔赴遠方的情形。

這首小詩有些意趣。詩人卞之琳（一九一〇—二〇〇〇年）譯的《西窗集》中收有英國史密斯的散文詩〈白楊〉，與這首詩在情境上類似，是不是戴望舒受到史密斯的影響呢？這株白楊樹有聲音的流動，「畫眉在裡頭歌唱」，在陽光中「注滿了一片金聲的璀璨，夜鶯尋覓到它的綠廓」。有視覺和色彩的生動，「掛一輪檸檬色的月亮」。甚至樹枝在微風中也有動感，有「流水的聲音」。白楊樹的主人也在「迢遙」的倫敦讀書，好像忽視了這棵白楊樹也是一本書，這是情境的對比。

史密斯的〈白楊〉在意象的豐富和生動上，要勝過這首〈深閉的園子〉。這首詩雖然稍單薄，也自有一種寧靜之美。

【戴・望・舒】

村姑

村裡的姑娘靜靜地走著，
提著她的蝕著青苔的水桶；
濺出來的冷水滴在她的跣足❶上，
而她的心是在泉邊的柳樹下。

這姑娘會靜靜地走到她的舊屋去，
那在一棵百年的冬青樹❷蔭下的舊屋
而當她想到在泉邊吻她的少年，
她會微笑著，抿起了她的嘴唇。

她將走到那古舊的木屋邊，
她將在那裡驚散了一群在啄食的瓦雀，
她將靜靜地走到廚房裡，
又靜靜地把水桶放在乾蒭❸邊。

她將幫助她的母親造飯，
而從田間回來的父親將坐在門檻上抽煙，
她將給豬圈裡的豬餵食，
又將可愛的雞趕進牠們的窠裡去。

在暮色中吃晚飯的時候，
她的父親會談著今年的收成，
他或許會說到他的女兒的婚嫁，
而她便將羞怯地低下頭去。

她的母親或許會說她的懶惰，
（她打水的遲延便是一個好例子，）
但是她會不聽到這些話，
因為她在想著那有點魯莽的少年。

注釋

❶跣足　打著赤腳。跣，音ㄒㄧㄢˇ。
❷冬青樹　高丈餘，葉卵形，質厚有光澤，夏月開黃白色小花。
❸乾芻　乾草。芻，音ㄔㄨˊ。「芻」的俗字。

賞析

這首詩是敘事筆法，洗盡文言的鉛華，用語平淡自然，刻畫的是一個村姑的心事。

他描述的村姑，只是不停地「靜靜地」幹著農村的各種活兒，也不停地「想著」一個少年。「靜靜地」是外表的姿態，而「想著」就是內心的激盪了。這兩者是一對比，把農家的日常生活與心底的愛情分開。

第一段村姑靜靜走著，提著被青苔所侵蝕的水桶，留下時間古舊的痕跡。冷水濺出，滴到她的腳上，外來的刺激，由冷水聯想到泉邊，想到在泉邊柳樹下與少年相聚的場景。柳樹的形象搖曳生姿，低垂著蜜意。

她又靜靜地走到舊屋，舊屋與百年冬青樹又是時間古舊的痕跡。冬青樹在字質上就顯得冬天仍保持長青，有堅忍的毅力這種特質，尤其百年更顯得堅忍不拔。這時想到在泉邊吻她的少年，一吻定情，湧盪的泉水是內心的波瀾，暗含著為情相守的意味，微笑著是喜，抿起嘴唇是堅定。

隨著姑娘的走路，不時地變換著舊屋的各種場景。在平靜的生活中，也有小小的波動。她走到古舊的木屋，驚散了從簷瓦落到地上啄食的麻雀，這些外在事物的小變動，比喻著內心的波動。但她還是靜靜地幹活兒。她走到廚房把水桶放在乾草料邊。

回到家後，幹活的節奏加快了，又幫忙做飯，餵食豬圈裡的豬，把雞趕回窠裡去。偶看到父親農忙歸來坐在門前抽煙的景象。

黃昏吃飯，父親會談著農田收成的情形，「或許會」談到村姑的婚嫁，在期待與撞著心事的驚喜中，她也羞怯地低下了頭。

她自己知道打水遲延了，脫出了農家生活的節奏，母親「或許會」怪她懶惰，因為她心底萌生情愛，自己心虛。她全不聽到這些，凸顯了泉邊事件的重要性，一個新的未來，少年的魯莽，吻她的舉動，使她產生了祕密的變化。

斷指

在一口老舊的，滿積著灰塵的書廚中，
我保存著一個浸在酒精瓶中的斷指；
每當無聊地去翻尋古籍的時候，
它就含愁地向我訴說一個使我悲哀的記憶。

它是被截下來的，從我一個已犧牲了的朋友底手上，
它是慘白的，枯瘦的，和我的友人一樣，
時常縈繫❶著我的，而且是很分明的，
是他將這斷指交給我的時候的情景：
「為我保存著這可笑又可憐的戀愛的紀念吧，望舒，

在零落❷的生涯中，它是只能增加我的不幸了。」
他的話是舒緩的，沉著的，像一個嘆息，
而他的眼中似乎是含著淚水，雖然微笑是在臉上。

關於他的「可憐又可笑的愛情」，我是一些也不知道，
我知道的只是他是在一個工人家裡被捕去的，
隨後是酷刑吧，隨後是慘苦的牢獄吧，
隨後是死刑吧，那等待著我們大家的死刑吧。

關於他「可笑又可憐的愛情」，我是一些也不知道，
他從未對我談起過，即使在喝醉酒時。
但是我猜想這一定是一段悲哀的故事，他隱藏著，
他想使它隨著截斷的手指一同被遺忘了。

這斷指上還染著油墨底痕跡，

是赤色的，是可愛的光輝的赤色的，
它很燦爛地在這截斷的手指上，
正如他責備別人底懦怯的目光在我底心頭一樣。

這斷指常帶了輕微又黏著的悲哀給我，
但是這在我又是一件很有用的珍品，
每當為了一件瑣事而頹喪的時候，我會說：
「好，讓我拿出那個玻璃瓶來罷。」

注釋

❶縈繫　旋繞繫念。
❷零落　人事的衰謝。

賞析

這是一首敘事詩，敘事詩包含人物與事件，是紀念一個老朋友的斷指的。平淡的敘事，近於散文化，為了凸顯驚心動魄的事件。

老舊而積滿了灰塵，表現了時間的久遠，一隻斷指，浸在酒精瓶裡保存。把斷指擬人化，可以含愁地訴說，對斷指的回憶成為二人之間的對話。

這斷指來自於被犧牲的朋友的手上，形象上慘白枯瘦，正如朋友。所以看到它，就如看到朋友，就憶起朋友將斷指交給他的情形。

這斷指是朋友對戀愛的紀念，朋友一生的遭遇是零落可悲的。斷指只是增加朋友的不幸。對這事件，朋友似乎含著眼淚，是慘痛的記憶，朋友已能微笑地平靜面對。

戴望舒不了解朋友為愛如何斷指的事件，只知道他後來被逮捕，遭酷刑，然後下獄，再來是死刑。在當時，戴望舒也與朋友一樣，認為自己也有可能會有類似的遭遇。

斷指事件，朋友即使在喝醉時也不說，隱藏起來，想隨著斷指將那戀愛的悲苦一起遺忘。

斷指上油墨的痕跡，表現了文工宣傳的身分。赤色使此油墨的顏色更具體，「可愛的光輝的」好像為能從事這種工作而有驕傲的感受。斷指上油墨的光輝，想起這朋友的性格，當責備別人怯懦時，他那勇敢的目光。

每當戴望舒為小事而頹喪時，凝視著玻璃瓶中的斷指，想起朋友的勇敢堅定，就會將頹喪一掃而空，故而斷指對他是有用的。

詩人對這事件娓娓道來，斷指既是愛情的紀念，也染著油墨的痕跡，代表文工宣傳而後英勇犧牲的事蹟。在平實中有沉痛的悲哀，自然感人。文字表達較散文化，或應寫成散文。

獄中題壁

如果我死在這裡，
朋友啊，不要悲傷，
我會永遠地生存
在你們的心上。

我們之中的一個死了，
在日本佔領地的牢裡，
他懷著的深深仇恨，
你們應該永遠地記憶。

當你們回來，從泥土
掘起他傷損的肢體，
用你們勝利的歡呼
把他的靈魂高高揚起，

然後把他的白骨放在山峰，
曝❶著太陽，沐著飄風：
在那暗黑潮濕的土牢，
這曾是他唯一的美夢。

注釋

❶曝　音ㄆㄨˋ。在陽光底下晒。

賞析

詩人在獄中時，設想自己的死亡，自己受到的痛苦，擴大成日本侵華戰爭時整個民族所同時遭受的痛苦，私人的感情，化為對民族的大愛。雖然自己死亡，但希望大家能深深記憶這種侵略的仇恨，並遙想中國會在戰爭中獲得最後的勝利。那麼即使在獄中死了，只要戰爭最終勝利，他也甘願，連他的白骨也將在山峰上享受陽光與飄風，得到最後的安慰。

在暗黑潮濕的土牢中，詩人在囚禁與酷刑中，身體「傷損」，彷彿面對著的是自己生命的終結。懷抱著仇恨而面對死亡，就把深心大願繫於自己的民族在戰爭中獲得最後的勝利。這種方式的復仇成為他「唯一的美夢」。

這首詩直述真情實感，句尾稍運用雙聲或疊韻，還算自然。全篇接近口語道白，看來在受盡酷刑之餘，已無多心力來凝鑄情思。最後一段為深心所繫，在想像中投射死後的景象，較有力量。

我用殘損的手掌

我用殘損的手掌
摸索這廣大的土地：
這一角已變成灰燼，
那一角只是血和泥；
這一片湖該是我的家鄉，
（春天，堤上繁花如錦障，
嫩柳枝折斷有奇異的芬芳）
我觸到荇藻❶和水的微涼；
這長白山的雪峰冷到徹骨，
這黃河的水夾泥沙在指間滑出；

江南水田，你當年新生的禾草
是那麼細，那麼軟……現在只有蓬蒿❷；
嶺南❸的荔枝花寂寞地憔悴，
儘那邊，我蘸著南海沒有漁船的苦水……
無形的手掌掠過無限的江山，
手指沾了血和灰，手掌黏了陰暗，
只有那遼遠的一角❹依然完整，
溫暖，明朗，堅固而蓬勃生春。
在那上面，我用殘損的手掌輕撫，
像戀人的柔髮，嬰孩手中乳。
我把全部的力量運在手掌
貼在上面，寄與愛和一切希望，
因為只有那裡是太陽，是春，
將驅逐陰暗，帶來甦生❺，
因為只有那裡我們不像牲口一樣活，

螻蟻一樣死……那裡，永恆的中國！

注釋

❶荇藻　即莕菜，生池沼中，有長柄，浮水面，花色黃，嫩葉可食。藻類無莖葉，含葉綠色。荇，音ㄒㄧㄥˋ。

❷蓬蒿　即茼蒿，菊科，花黃或白，嫩葉供食用。

❸嶺南　在五嶺之南，就是現在的廣東、廣西等地方。

❹一角　指重慶。

❺甦生　復蘇新生。

賞析

此詩寫於獄中，在香港為日本憲兵逮捕，受酷刑。一般認為是戴望舒晚年代表作。

「殘損的手掌」既是自己慘慟的經驗，也可以作為苦難中國人的象徵。中國向以地大物博著稱，廣大的土地也是中國精神的象徵。這一角，那一角都是戰火蹂躪之地，流的是中國人的血。這一片湖或指西湖，詩人為杭州人。（春天時，百花盛開在水堤上，像絲織的屏障一樣，嫩柳枝折斷時溢出奇特的香味。）詩人在想像中，用手撫摸記憶中的家鄉，甚至觸摸到水菜和微涼的湖水。

詩人運用觸覺來感受廣大的土地。長白山雪峰冷到徹骨，黃河水的泥沙從指間滑出，都是對經驗直接的描述。江南水田，禾草原來細軟，現在只餘雜草，這是過去與現在的對比。嶺南生長的荔枝花，無人照顧；南海沒有漁船只剩苦水。在想像中觸摸山河，沾了血和灰燼。

江山只剩重慶一角未被日軍蹂躪。在手掌的觸摸下，像戀人的頭髮那麼輕柔，自己也像嬰兒的手握著母乳一樣。所以寄上愛和希望，只有那裡是春天。只有在那裡，「不像牲口一樣活／螻蟻一樣死」，人活得有尊嚴，像人。

詩人在受過酷刑後，以殘損的手掌為象徵，去感受廣大土地的苦難，在希望中，有一個像春天的永恆的中國。

這篇作品訴諸真誠濃厚的情感，想用純淨的口語表達對這廣大土地的愛，擺脫象徵主義的個人隱祕象徵。語言雖稍帶張力，仍失之平淡。

輯・四【詩論零札】

詩論零札

一

詩不能借重音樂，它應該去了音樂的成分。

二

詩不能借重繪畫的長處。

三

單是美的字眼的組合不是詩的特點。

四

詩的韻律不在字的抑揚頓挫上，而在詩的情緒的抑揚頓挫上，即在詩情的程度上。

五

詩最重要的是詩情上的nuance❶而不是字句上的nuance。

六

韻和整齊的字句會妨礙詩情，或使詩情成為畸形的。倘把詩的情緒去適應呆滯的，表面的舊規律，就和把自己的足去穿別人的鞋子一樣。愚劣的人們削足適履，比較聰明一點的人選擇較合腳的鞋子，但是智者卻為自己製最合自己的腳的鞋子。

七

詩不是某一個官感的享樂，而是全官感或超官感的東西。

八

新的詩應該有新的情緒和表現這情緒的形式。所謂形式，決非表面上的字的排列，也決非新的字眼的堆積。

九

不必一定拿新的事物來做題材（我不反對拿新的事物來做題材），舊的事物中也能找到新的詩情。

十

舊的古典的應用是無可反對的，在它給予我們一個新情緒的時候。

十一

不應該有只是炫奇的裝飾癖，那是不永存的。

十二

詩應該有自己的 origiualité❷，但你須使它有 universal❸ 性，兩者不能缺一。

十三

詩是由真實經過想像而出來的，不單是真實，亦不單是想像。

十四

詩應當將自己的情緒表現出來，而使人感到一種東西，詩本身就像是一個生物，不是無生物。

十五

情緒不是用攝影機攝出來的，它應當用巧妙的筆觸描出來。這種筆觸又須是活的千變萬化的。

十六

只在用某一種文字寫來，某一國人讀了感到好的詩，實際上不是詩，那最多是文字的魔術。真的詩的好處並不就是文字的長處。

注釋

❶nuance　細微變化。

❷origiualité　原創性。

❸universal　普遍的。

賞析

〈詩論零札〉是現代派的理論綱領，詩論的札記有些像創作實踐的信條，很難說是理論系統。戴望舒從法國的象徵主義出發，也有自己在創作實踐的新創發。從戴望舒自己說，應該是由〈我底記憶〉所確立的詩風，由活潑的口語取代文白夾雜，杜衡說：「字句的節奏已經完全被情緒的節奏所替代。」

「雨巷」時期，戴望舒仍沉迷於魏爾倫的音色交錯，在字面上湊合韻腳。現在戴望舒要盡去蕪穢，他在〈我底記憶〉中發現一種新的表現方式。音樂的成分，以往重視美的字眼的組合，字的抑揚頓挫，字句上的細微變化，韻和整齊的字句。繪畫的長處，戴望舒沒有申論，從〈雨巷〉來說，是過度重視在視覺上布置唯美的戲劇景象，細膩描摹形象，像古典幻境般的美侖美奐。

戴望舒現在重視「詩情」，詩的情感。詩的情感有細微的變化，形式上的規律是僵硬的，無法追隨情感的靈活多端。詩的情感，不僅只是聽覺或視覺，是生命全部情感的感受；戴望舒說是「全官感或超官感的東西」，簡言之，心靈的。表面上的舊規律，表面上的字的排列，新的字眼的堆積，無法觸及深沉的情感。

詩情是被深沉的情感引動的，由此創發新的形式。古典詩或舊的事物，只要能引發深刻的情感，就是新的情感。詩要有原創性，原創性要由人性共感的普遍性來衡量。真實的人性經驗，在想像中量化，不能平面地細述真實，還要想像。巧妙的筆觸，要觸及人性的深處，不只是炫奇的裝飾癖。詩不只是文字的長處，深刻的情感才是重心，指向人生世相的共感。

輯・五【巴黎的書攤】

巴黎的書攤

在滯留巴黎的時候，在羈旅之情中可以算做我的賞心樂事的有兩件：一是看畫，二是訪書。在索居無聊的下午或傍晚，我總是出去，把我遲遲的時間消磨在各畫廊中和河沿上的。關於前者，我想在另一篇短文中說及，這裡，我只想來談一談訪書的情趣。

其實，說是「訪書」，還不如說在河沿上走走或在街頭巷尾的各舊書鋪進出而已。我沒有要覓什麼奇書孤本的蓄心，再說，現在已不是在兩個銅元一本的木匣裡翻出一本 *Patissier francois* 的時候了。我之所以這樣做，無非為了自己的癖好，就是摩娑觀賞一回空手而返，私心也是很滿足的，況且薄暮的塞納河又是這樣地窈窕多姿！

我寄寓的地方是 Rue de l'Echaudé，走到塞納河邊的書攤，只須沿著塞納路步行約莫三分鐘就到了。但是我不大抄這近路，這樣走的時候，塞納路上的那些畫廊總會把我的腳步牽住的，再說，我有一個從頭看到尾的癖，我寧可兜遠路順著約可伯路，大學路一直走到巴克路，然後從巴克路走到王橋頭。

塞納河左岸的書攤，便是從那裡開始的，從那裡到加路賽爾橋，可以算是書攤的第一個地帶，雖然位置在巴黎的貴族的第七區，卻一點也找不出冠蓋的氣味來。在這一地帶的書攤，大約可以分這幾類，第一是賣廉價的新書的，大都是各書店出清的底貨，價錢的確公道，只是要你會還價，例如舊書鋪裡要賣到五六百法郎的勒納爾（J. Renard）的《日記》，在那裡你只需花二百法郎光景就可以買到，而且是嶄新的。我的加棱所譯的賽爾房德思的《模範小說》，整批的《歐羅巴雜誌叢書》，便都是從那兒買來的。這一類書在別處也有，只是沒有這一帶集中吧。其次是賣英文書的，這大概和附近的外交部或奧萊昂車站多少有點關係吧。可是這些英文書的買主卻並不多，所以花兩三個法郎從那些冷清清的攤子裡把一本初版本的《萬牲園裡的一個人》帶回寓所去，這種機會，也是常有的。第三是賣地道的古版書的，十七世紀的白羊皮面書，十八世紀飾花的皮脊書等等，都小心地盛在玻璃的書框裡，上了鎖，不能任意地翻看，其他價值較次的古書，則雜亂地在木匣中堆積著，對著這一大堆你挨我擠著的古老的東西，真不知道如何下手。這種書攤前比較熱鬧一點，買書大多數是中年人或老人。這些書攤上的書，如果書攤主是知道值錢的，你便會被他敲了去，如果他不識貨，你便沾了便宜來。我曾經從那一帶的一位很精明的書攤老板手裡，花了五個法郎買到一本一七六五年初版本的 Du Laurens 的 *Imirce*，至今猶有得意之色：第一因為 *Imirce* 是一部干禁書，其次這價錢實在太便宜也。第四類是賣淫書的，這種書攤在這一帶上只有一兩個，而所謂淫書者，實際也僅僅是表面的，骨子裡並沒有什麼了不得，大都是現代人的東西，寫來騙騙人的。記得靠近王橋的第一家書攤就是這一類的，老板娘是一個四五十歲的老婆子，當我有一回逗留了一下的時候，她就把我當做好主顧而慫恿我買，使我留下極壞的印象，以後就敬而遠之了。其實那些地道的「珍祕」的書，如果你不願出大價錢，還是要費力氣角角落落去尋的，我曾在一家猶太人開的破貨店裡一大堆廢書中，翻到過一本原文的 Cleland 的 *Fanny Hill*，只出了一個法郎買回來，真是意想不到的事。

從加路賽爾橋到新橋，可以算是書攤的第二個地帶。在這一帶，對面的美術學校和錢幣局的影響是顯著的。在這裡，書攤老板是兼賣版畫圖片的，有時小小的書攤上掛得滿目琳琅，原張的蝕雕，從書本上拆下的插圖，戲院的招貼，花卉鳥獸人物的彩圖，地圖，風景片，大大小小各色俱全，反而把書列居次位了。在這些書攤上，我們是難得碰到什麼值得一翻的書的，書都破舊不堪，滿是灰塵，而且有一大部分是無用的教科書，展覽會和畫商拍賣的目錄。此外，在這一帶我們還可以發現兩個專賣舊錢幣紋章等而不賣書的攤子，夾在書攤中間，作一個很特別的點綴。這些賣畫賣錢幣的攤子，我總是望望然而去之的（記得有一天一位法國朋友拉著我在這些錢幣攤子前逗留了長久，他看得津津有味，我卻委實十分難受，以後到河沿上走，總不願和別人一淘了）。然而在這一帶卻也有一兩個很好的書攤子。一個攤子是一個老年人擺的，並不是他的書特別比別人豐富，卻是他為人特別和氣，和他交易，成功的回數居多。我有一本高克多❶（Cocteau）親筆簽字贈給詩人費爾囊·提華爾（Fernand Divoire）的 *Le Grand Ecart*❷，便是從他那兒以極廉的價錢買來的，而我在加里馬爾書店買的高克多親筆簽名贈給詩人法爾格（Fargue）的初版本 *Opera*❸，卻使我花了七十法郎。但是我相信這是他錯給我的，因為書是用蠟紙包封著，他沒有拆開來看一看；看見了那獻辭的時候，他也許不會這樣便宜賣給我。另一個攤子是一個青年人擺的，書的選擇頗精，大都是現代作品的初版和善本，所以常常得到我的光顧。我只知道這青年人的名字叫昂德萊，因為他的同行們這樣稱呼他，人很圓滑，自言和各書店很熟，可以弄得到價廉物美的後門貨，如果顧客指定要什麼書，他都可以設法。可是我請他弄一部《紀德❹全集》，他始終沒有給我辦到。

可以劃在第三地帶的是從新橋經過聖米式爾場到小橋這一段。這一段是塞納河左岸書攤中的最繁榮的一段。在這一帶，書攤比較都整齊一點，而且方面也多一點，太太們家裡沒事想到這裡來找幾本小說消閒，也有；學生們貪便宜想到這裡來買教科書參考書，也有；文藝愛好者到這裡來尋幾本新出版的書，也有；學者們要研究書，藏書家要善本書，獵奇者要珍祕書，都可以在這一帶獲得滿意而回。在這一帶，書價是要比他處高一些，然而總比到舊書鋪裡去買便宜。健吾兄覓了長久才在聖米式爾場的一家舊書店中覓到了一部《龔古爾日記》，花了六百法郎喜欣欣地捧了回去，以為便宜萬分，可是在不久之後我就在這一帶的一個書攤上發現了同樣的一部，而裝訂卻考究得多，索價就只要二百五十法郎，使他悔之不及。可是這種事是可遇而不可求的，跑跑舊書攤的人第一不要抱什麼一定的目的，第二要有閒暇有耐心，翻得有勁兒便多翻翻，翻倦了便看看街頭熙來攘往的行人，看看旁邊塞納河靜靜的逝水，否則跑得腿痠汗流，眼花神倦，還是一場沒結果回去。話又說遠了，還是來說這一帶的書攤吧。我說這一帶的書較別帶為貴，也不是胡說的，例如整套的 *Echanges* 雜誌，在第一地帶中買只需十五個法郎，這裡卻一定要二十個，少一個不賣；當時新出版原價是二十四法郎的 Celine 的 *Voyage au bout de la nuit*❺，在那裡買也非十八法郎不可，竟只等於原價的七五折。這些情形有時會令人生氣，可是為了要讀，也不得不買回去。價格最高的是靠近聖米式爾場的那兩個專賣教科書參考書的攤子。學生們為了要用，也不得不硬了頭皮去買，總比買新書便宜點。我從來沒有做過這些攤子的主顧，反之他們倒做過我的主顧。因為我用不著的參考書，在窮極無聊的時候總是拿去賣給他們的。這裡，我要說一句公平話：他們所給的價錢的確比季倍爾書店高一點。這一帶專賣近代善本書的攤子只有一個，在過了聖米式爾場不遠快到小橋的地方。攤主是一個不大開口的中年人，價錢也不算頂貴，只是他一開口你就莫想還價，就是答應你還也是相差有限的，所以看著他陳列著的《泊魯思特全集》，插圖的《天方夜譚》全譯本，Chirico 插圖的阿保里奈爾❻的 *Calligrammes*，也只好眼紅而已。在這一帶，詩集似乎比別處多一些，名家的詩集花四五個法郎就可以買一冊回去，至於較新一點的詩人的集子，你只要到一法郎或甚至五十生丁的木匣裡去找就是了。我的那本僅印百冊的 Jean Gris 插圖的 Reverdy 的《沉睡的古琴集》，超現實主義詩人 Gui Rosey 的《三十年戰爭集》等等，便都是從這些廉價的木匣子裡翻出來的。還有，我忘記說了，這一帶還有一兩個專賣樂譜的書鋪，只是對於此道我是門外漢，從來沒有去領教過罷。

從小橋到須里橋那一段，可以算是河沿書攤的第四地帶，也就是最後的地帶。從這裡起，書攤便漸漸地趨於冷落了。在近小橋的一帶，你還可以找到一點你所需要的東西，例如有一個攤子就有大批 N. R. F. 和 Crasset 出版的書，可是那位老板娘討價卻實在太狠，定價十五法郎的書總要討你十二三個法郎，而且又往往要自以為在行，凡是她心目中的現代大作家，如摩里向克，摩洛阿，愛眉 (Aymé) 等，就要敲你一筆竹槓，一點也不肯讓價；反之，像拉爾波，茹昂陀，拉第該，阿朗等優秀作家的作品，她倒肯廉價賣給你。從小橋一帶再走過去，便每下愈況了。起先是雖然沒有什麼好書，但總還能維持河沿書攤的尊嚴的攤子，以後呢，賣破舊不堪的通俗小說雜誌的也有了，賣陳舊的教科書和一無用處的廢紙的也有了，快到須里橋那一帶，竟連賣破銅爛鐵，舊擺設，假古董的也有了；而那些攤子的主人呢，他們的樣子和那在下面塞納河岸上喝劣酒，釣魚或睡午覺的街頭巡閱使 (Clochard)，簡直就沒有什麼大兩樣。到了這個時候，巴黎左岸書攤的氣運已經盡了，你的腿也走乏了，你的眼睛也看倦了，如果你袋中尚有餘錢，你便可以到聖日爾曼大街口的小咖啡店裡去坐一會兒，喝一杯兒熱熱的濃濃的咖啡，然後把你沿路的收穫打開來，預先摩娑一遍，否則如果你已傾了囊，那麼你就走上須里橋去，倚著橋欄，俯看那滿載著古愁並飽和著聖母祠的鐘聲的，塞納河的悠悠的流水，然後在華燈初上之中，閒步緩緩歸去，倒也是一個經濟而又有詩情的辦法。

說到這裡，我所說的都是塞納河左岸的書攤，至於右岸的呢，雖則有從新橋到沙德萊場，從沙德萊場到市政廳附近這兩段，可是因為傳統的關係，因為所處的地位的關係，也因為貨色的關係，它們都沒有左岸的重要。只在走完了左岸的書攤尚有餘興的時候或從盧佛爾 (Louvre) 出來的時候，我才順便去走走，雖然間有所獲，如查拉的 *L'homme approximatif* ❼ 或盧梭 ❽ (Henri Rousseau) 的畫集，但這是極其偶然的事；通常，我不是空手而歸，便是被那街上的魚蟲花鳥店所吸引了過去。所以，原意去「訪書」而結果買了一頭紅頭雀回來，也是有過的事。

注釋

❶高克多　約翰・高克多 (Jean Cocteau, 1889–1963) 是法國詩壇的前衛詩人，有「詩壇頑童」之稱。也同時是小說家、戲劇家、導演和畫家。

❷*Le Grand Ecart*　《大劈叉》。

❸*Opera*　《歌劇院》。

❹紀德　(André Gide, 1869–1951)，法國小說家、戲劇家，著有《地糧》、《窄門》、《偽幣製造者》等書。

❺*Voyage au bout de la nuit*　小說《黑夜盡頭的旅行》，或譯《長夜漫漫行》。

❻阿保里奈爾　(Guillaume Apollinaire, 1880–1918)，法國立體派詩人，也曾發明圖形詩，將詩作排成扇形、花瓶形等圖案。按：*Calligrammes* 是他的詩集《美好的文字》。

❼*L'homme approximatif*　《大約的人》。

❽盧梭　亨利・盧梭 (Henri Rousseau, 1844–1910)，二十世紀超現實主義藝術先行者，也被稱為原始主義畫家。

賞析

這篇散文是在巴黎遊學時所作。隨著戴望舒的筆路，像是沿著塞納河左岸的書攤，一一瀏覽下去，再來是加路賽爾橋到新橋，再從新橋經過聖米式爾場到小橋，最後從小橋到須里橋一段，一共四個地帶。在每個地帶，戴望舒都舉出該地帶書攤的特色，甚至購書的門道。詩人搜書之樂，往往在意外的驚喜中。對書的版本、裝幀，也歷歷如數家珍。

書海蒐奇，是讀書人一大樂趣，有時獲得一本喜愛的書，有如人海茫茫中遇一知音。逛書攤，對搜購來的書便有一分特殊的情感，在賞書玩書間，更要投注大量的精神。一本書，彷彿是一個線索，旁通到另幾本書，珍而藏之，以書引書，便也有了偵探的樂趣。發現新的線索，再鍥而不捨地追下去，這種耽迷，可以看出文人的執著。

在書中與自己仰慕的文人相遇，可以從作家的風格中看他怎樣把生活的原料，轉化成最高的藝術。含英咀華，就是搜書藏書的樂趣。

戴望舒年表

一九〇五年　一歲

出生於浙江省杭州市。父親為銀行職員，家境小康。

一九一九年　十五歲

入杭州宗文中學，在校期間，與張天翼、杜衡、施蟄存組「蘭社」，創辦《蘭友》半月刊，擔任主編，並試寫小說。

一九二二年　十八歲

開始寫詩。

一九二三年　十九歲

入上海大學中國文學系。

一九二五年　二十一歲

入上海震旦大學特別班學法語，開始翻譯法國詩。

一九二六年　二十二歲

升入震旦大學法文科。施蟄存、杜衡亦轉入該班為同學，人稱「文人三劍客」。共同編輯出版《文學工場》、《螢火叢書》，合辦《瓔珞》旬刊，任主編。與施蟄存加入中國共產黨青年團。

一九二七年　二十三歲

三月，曾被孫傳芳拘留過，四一二事變後被政府通緝。夏天，寫成名詩〈雨巷〉。不久，又寫出〈我底記憶〉，自認是傑作；創造了一種現代口語式的自由體詩。

一九二八年　二十四歲

與施蟄存、杜衡、劉吶鷗等創辦「第一線」書店，創辦《無軌列車》雜誌，共出七期。十一月，成名作〈雨巷〉在《小說月報》上發表。

一九二九年　二十五歲

自費赴法遊學數月。「第一線」書店改為「水沫」書店，出版第一本詩集《我底記憶》（水沫書店），成為現代派詩潮的領袖人物。寫〈詩論零札〉，為現代派詩潮理論綱領。主編《新文藝》月刊，大量刊登西方象徵派詩歌譯介，共出八期。

一九三〇年　二十六歲

參加「左聯」成立大會。與徐霞村合譯西班牙作家阿左林《西萬提斯的未婚妻》（神州國光出版社）。

一九三二年　二十八歲

再度赴法與施蟄存、杜衡主編《現代》月刊，譯法國象徵主義詩人特・果爾蒙《西茉那集》，發表於《現代》，現代派正式誕生。

一九三三年　二十九歲

出版第二冊詩集《望舒草》（現代書局）。

一九三四年　三十歲

曾往西班牙做文學旅行。

一九三五年　三十一歲

回國。與施絳年解除婚約，後結識小說家穆時英的妹妹穆麗娟，不久後匆匆完婚。主編《現代詩風》雜誌，只出一期。譯法國女作家高萊特的代表作《紫戀》（光明書局）。校點《石點頭》與《豆棚閒話》出版。

一九三六年　三十二歲

十月與徐遲、路易士（紀弦）創辦《新詩》月刊，卞之琳、馮至、梁宗岱、孫大雨都加入編輯陣容。譯蘇俄作家本約明・高力里的法文著作《俄羅斯革命中的詩人們》，改名《蘇聯詩壇逸話》（上海雜誌公司）。

一九三七年　三十三歲

出版第三冊詩集《望舒詩稿》（上海雜誌公司）。因八一三滬戰爆發，《新詩》停刊。遠走香港，與許地山負責「中華民國全國文藝界抗敵協會」。

一九三九年　三十五歲

主編《星島日報》〈星座〉副刊，與艾青創辦並合編《頂點》雜誌，與徐遲、葉君健主編《中國作家》英文版。

一九四〇年　三十六歲

穆時英遇刺身亡，穆麗娟回滬奔喪，夫妻反目。翻譯法國現代派作家之短篇作品，結集出版。（由譯社出版）。

一九四一年　三十七歲

曾為妻、女服毒，並寫遺書寄至上海。日軍占領香港。

一九四二年　三十八歲

春天，被日本憲兵逮捕入獄，受酷刑折磨，患氣喘病。同年五月出獄。穆麗娟已另外與《宇宙風》編者結婚。

一九四四年　四十歲

與葉靈鳳主編《華僑日報．文藝週刊》。

一九四六年　四十二歲

抗戰勝利，回上海。與穆麗娟補辦離婚手續。另再婚，雙方性情極不合。

一九四七年　四十三歲

出版譯詩集《惡之華掇英》，計譯波多萊爾詩二十四首。

一九四八年　四十四歲

出版第四本詩集《災難的歲月》（星群出版社）。又離婚。再度流亡香港。

一九四九年　四十五歲

京、滬失陷，前往北京，參加第一次全國文學藝術工作者代表大會，在國家出版總署從事法文翻譯工作。

一九五〇年　四十六歲

氣喘病復發，逝世於北京協和醫院。

世紀文庫

生活文學　閱讀人生

文學，是一種文化　也可以是一種生活方式

【文學001】文學公民　郭強生　著

這本書是作者自美返臺這些年，作為一個文學人如何在動靜之間取得平衡，在理想與實務中學習的最真實的紀錄。如果閱讀這本書也能勾起你一種欲望，想回去一個你已經離開的地方，那就是這本書在「做些甚麼」了。

【文學004】你道別了嗎？　林黛嫚　著

你知道每一次道別都很珍貴，你無法向那些不告而別的人索一句再見，但是，你可以常常問問自己，你道別了嗎？作者在這本散文集中，除了以文字見證生活經驗之外，更企圖透過人稱轉換造成距離感，以及小說化的敘事筆調呈現散文的瀟灑文氣。

【文學006】口袋裡的糖果樹　楊　明　著

美食和愛情有很多相通之處，從挑選材料、掌握火候到搭配，每一個步驟都必須謹慎，才能得到滿意的結果。相較於料理可以輕易分辨酸甜苦辣，愛情卻常常曖昧不明。《口袋裡的糖果樹》有如一道耐人尋味的料理，悠遊在情愛難以捉摸的國度裡，時而甜時而酸，只有認真品味過的人，才知道箇中滋味。

【傳記001】永遠的童話——琦君傳　宇文正　著

曾寫出膾炙人口《橘子紅了》、《紅紗燈》等書的知名作家琦君，有一個曲折的人生。她的童年，宛如一部引人入勝的童話；她的求學生涯，見證了中國動盪的歲月；她的創作，刻畫了美善的人間。作家宇文正模擬琦君素淡溫厚之筆，從今日淡水溫馨的家，回溯滿溢桂花香的童年，寫出琦君戲劇性的一生。

穿越文本　文學再現

三民叢刊　─文學評論─

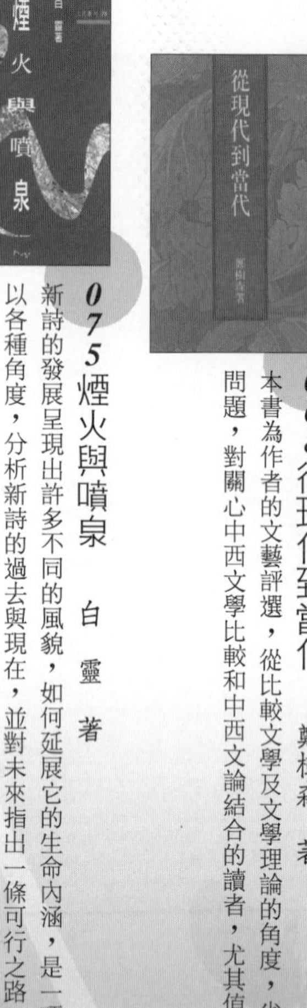

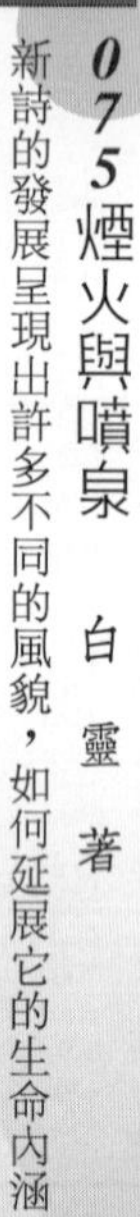

068 從現代到當代　鄭樹森　著

本書為作者的文藝評選，從比較文學及文學理論的角度，省思西方理論如何應用於中國文學等問題，對關心中西文學比較和中西文論結合的讀者，尤其值得注意。

075 煙火與噴泉　白靈　著

新詩的發展呈現出許多不同的風貌，如何延展它的生命內涵，是一項極為重要的課題。本書以各種角度，分析新詩的過去與現在，並對未來指出一條可行之路。

187 現代詩散論　白萩　著

白萩詩風複雜多變，且與現代、藍星、創世紀及笠等詩社淵源深厚。他特別致力於探索現代詩的語言藝術，認為心靈有了感動才能寫詩。本書收錄了作者對現代詩語言、形式和發展現況的探討，以及對其他詩人作品的評論，尤可見他對詩歌藝術不斷的追求和探索。

242 孤島張愛玲　蘇偉貞　著

張愛玲出生、成名於上海，臺灣發揚光大她的文學影響，最後她大隱、歿於美國。唯有香港，毫無疑問卻是連結她「天才夢」的起點及小說創作的終點港口。走著張愛玲走過的路，待在她待過的學系，試著以她的眼光回望這一切。同為女性作家的蘇偉貞以嚴謹的文學研究為根基，鍥而不捨的追索，將張愛玲滯港時期小說的意涵及影響作了最生動的詮釋。

國家圖書館出版品預行編目資料

戴望舒／范銘如主編；趙衛民編著.－－初版一刷.
－－臺北市：三民，2006
面； 公分.－－(二十世紀文學名家大賞／10)

ISBN 957-14-4527-4 (平裝)

848.6 95007233

三民網路書店 http : // www.sanmin.com.tw

主編者 范銘如
編著者 趙衛民
發行人 劉振強
著作財產權人 三民書局股份有限公司
臺北市復興北路386號
發行所 三民書局股份有限公司
地址／臺北市復興北路386號
電話／(02)25006600
郵撥／0009998-5
印刷所 三民書局股份有限公司
門市部 復北店／臺北市復興北路386號
重南店／臺北市重慶南路一段61號
初版一刷 2006年5月
編 號 S 833420
基本定價 參元陸角
行政院新聞局登記證局版臺業字第○二○○號

ISBN 957-14-4527-4 (平裝)